中宣部、国家新闻出版广电总局百种经典抗战图书

上海文化发展基金资助

Jewish Refugees and Shanghai

犹太难民与上海

第3辑

罗震光等 著

尘封往事
Dust-laden Past

上海交通大学出版社
SHANGHAI JIAO TONG UNIVERSITY PRESS

内容提要

昨天的新闻，今天的历史。犹太难民来沪是当年媒体始终关注的新闻。本书从70年前上海的各种报纸中发掘犹太难民与上海的故事，其中有深度解读的主流报纸《申报》的全部犹太难民报道；有上海图书馆馆藏珍品——犹太人在上海办的《以色列信使报》《犹太早报》《黄报》等。

犹太难民在互联网上的往事交流平台——黄包车网站和上海犹太纪念馆馆藏的《尘封日记》都是本书的深入研究对象。

一件件尘封往事由此再现。

图书在版编目（CIP）数据

尘封往事.罗震光等著.—上海:上海交通大学
出版社,2015
（犹太难民与上海）
ISBN 978-7-313-13688-6

Ⅰ.①尘… Ⅱ.①罗… Ⅲ.①散文集－中国－当代
②犹太人－难民－史料－上海市 Ⅳ.①I267 ②K18

中国版本图书馆CIP数据核字（2015）第196788号

尘封往事

著　　者:罗震光 等

出版发行:上海交通大学出版社　　　　　　　　　地　　址:上海市番禺路951号
邮政编码:200030　　　　　　　　　　　　　　　电　　话:021-64071208
出 版 人:韩建民
印　　制:上海宝山译文印刷厂　　　　　　　　　经　　销:全国新华书店
开　　本:710 mm×1000 mm　1/16　　　　　　　印　　张:13.25
字　　数:134千字
版　　次:2015年8月第1版　　　　　　　　　　　印　　次:2015年9月第2次印刷
书　　号:ISBN 978-7-313-13688-6/I
定　　价:48.00元

引　言

昨天的新闻，今天的历史。"尘封往事"的26个故事，来自尘封70年的老报刊。

那时候，上海报刊杂志不约而同将目光聚焦于沪上犹太难民。有杂志一连9个月，长篇连载"犹太人在上海"。打开《申报》——老上海的主流媒体，从1937年读到1946年，可以走进历史，读到那些年犹太难民在上海的故事。

犹太人在上海办有《以色列信使报》《犹太早报》《黄报》……《黄报》的社长总编是弗洛伊德的弟子，他的办报方法，他留下的1000版的报纸，至今可学可用。

黄包车网站，犹太难民的交流平台，充满带着苦难岁月印记的图片、故事。尘封多年的《合屋漫画》，至今还在控诉日寇的蛮横和凶恶……

老报纸、老照片里的故事更接近真实，哪怕只是片断。

Foreword

The news of yesterday is the history of today. 26 stories of the "Dust-laden Past" are all from the old newspapers 70 years ago.

At that time, newspapers and magazines in Shanghai focused on Jewish refugees invariably. Some magazines serialized the stories of the Jews in Shanghai for 9 months. Flipping open *Shun Pao*, the mainstream media of old Shanghai, with a panorama view from 1937 to 1946, we can get to know the history and stories about Jewish refugees in Shanghai in those years.

Jews established various newspapers, including *Israel's Messenger, Shanghai Jewish Chronicle and Die Gelbe Post*. The chief editor of *Die Gelbe Post* was one of Freud's disciples, and his methods of running newspapers as well as the remaining 1,000 pages of newspapers are of great value of learning even today.

Rickshaw Website, the communication platform for Jewish refugees, was full of pictures and stories that bear the marks of those days of suffering. And the dust-laden *Hewu Comic of Ghoya* is still accusing the outrageousness and ruthlessness of the Japanese army.

Stories in old newspapers and pictures, despite a briefness nature, are closer to the truth.

尘封往事

目 录
Contents

《黄报》

七十年前旧上海
犹太报纸登些啥

What Appeared on the Jewish Newspapers in Shanghai
70 Years Ago

精神分析之父弗洛伊德的弟子在虹口隔都成为犹太人的媒体大亨，他创办的《黄报》成为在中国、东南亚很有影响的报纸，是我们今天了解隔离区的重要见证。

A student of Sigmund Freud's, the father of psychoanalysis, became a press tycoon in Hongkou Ghetto. *Die Gelbe Post*,the paper he started up was of great influence over China and South East Asia and is now an important witness who can help us to understand the Ghetto.

逃离欧洲，流亡上海，惊魂未定的犹太人稍事安顿之后，开始将目光越过了三餐一宿的最低生活要求。由于犹太人中的大多数只懂得德语，而上海方面又向来没有德文的新闻报纸和杂志，这使他们在外界信息的获知、精神世界的滋润等非物资需求上大感不便。不过，这对于一向以重视教育闻名世界的犹太人来说，是件很容易解决的小事。刚刚在异乡立足，衣食问题尚未完全解决的犹太人就开始在上海办起了自己的报刊杂志。

1938年，德国籍犹太人约瑟夫·施托菲尔 (Josef Storfer) 以难民身份逃亡上海，这位弗洛伊德精神分析流派的弟子可能做梦都没有想到，自己将在东方成为犹太人的媒体大亨。1938年7月，斯托菲尔创办了《黄报》(*Gelbe Post*)，一份半月刊新闻杂志，每期印两千份，内容以讨论一般犹太人的问题为主，是一份专门办给犹太人看的读物。1939年11月，《黄报》改为报纸，经过几轮升级，最终成为日报，直至1940年8月停刊。因为影响力日渐壮大，施托菲尔被纳粹德国视为"邪恶的反第三帝国的煽动性宣传"。

心系时事：关心欧洲战事

犹太人不远万里，从欧洲纳粹德国的魔爪下逃离，来到上海的虹口地区，并立即组成了自己的犹太社区，这已经是人类移民史上的一次奇迹。但犹太人来沪的故事不仅限于此，他们站稳脚跟后，开始关心时事政治。《黄报》多数会在头版头条的醒目位置，刊登有关欧洲战场和政治的最新消息。1940年3月4日《黄报》曾在

GELBE POST

Shanghaier Zeitung

Erscheint täglich

Eigentümer und Chefredakteur:
A. J. Storfer
Sprechstunden: Montag bis
Freitag: 11–12 vormittags

Schriftleitung und Verwaltung:
17 Canton Road, I. Stock
(Geschäftsstunden 9–12, 3–5)
Registriert: S.M.P. F-47,
Concession Fr. 1385-A

II. Jahrgang, Nr. 18　　　　Montag, den 4. Maerz 1940　　　　10 Cents

Der Krieg in Finnland

Gefecht an der Mosel

Selbstkritik tut Not

Neue Verteidigungslinie

Schweden und die Lage in Finnland

Russische Erfolge bei Viipuri

Viipuri noch nicht aufgegeben

Deutsche Verluste

Urlaube für Soldaten in Italien gesperrt

Krankheit Stalins wird dementiert

Welles bei Hess und Goering

Welles in Berlin

"GROUCHY"

CAFE - RESTAURANT - BAR

Taeglich Abends — das Tellergericht $ 0.90

7 ROUTE DE GROUCHY　　　　PHONE 79251

Ihre Teppiche, Vorhänge,
Pelzmäntel werden fachmännisch gereinigt und
konserviert bei der

WELCOME DRY CLEANING CO.

793—5 Great Western Rd.
Tel. 20352

1940 年 3 月 4 日（星期一）《黄报》

德文标题：Welles in Berlin
中文译文：萨姆纳·韦尔斯访问柏林

德文标题：Welles bei Hess und Goering
中文译文：萨姆纳·韦尔斯拜访赫斯与戈林

醒目位置连续报道了美国外交官萨姆纳·韦尔斯 (Sumner Welles) 访问柏林的情况。他为议和一事先后与鲁道夫·赫斯 (Rudolf Hess)、赫尔曼·戈林 (Herman Goring) 会谈,此后前往巴黎和伦敦。不过,因希特勒第三帝国的强硬态度,而未取得任何成果。

报纸的关注热点往往反映了读者群体的需求,那么犹太人既然已经"逃离",为何还要关心欧洲战事,尤其关注纳粹德国的动态呢?

原因是多方面的。首先,他们担心战火是否会波及更大范围。二战的战火已经遍及欧洲,上海虽远离欧洲,但是在犹太难民所在的虹口区,早已沦为日占区。虽然日本人暂时还想利用犹太人,对他们还算客气,但未知的未来还是令犹太人充满了危机意识。

其次,他们希望能重返家园。逃到上海的犹太人中,大部分来自德国和奥地利,并在当地属于社会的中上层阶级。《西风副刊:上海的犹太难民》一文中提到,当时在上海居住的2万余名犹太人中,只有百分之十希望能够永远在上海组建家庭。可见,真正把上海当成永久居住地的犹太人并不多。他们非常在意重返故乡的可能性。

1940年3月8日(星期五)《黄报》刊登了《中立国面临德国威胁》的消息,描述了荷兰、比利时、卢森堡等欧洲国家面临纳粹德国的侵略危险。从欧洲的战争苗头迅即分析、判断、联想到中国在外交上受威胁的可能性,《黄报》在时刻跟进欧洲的战事。

1940年3月8日（星期五）《黄报》

德文标题：Neue Drohungen Deuschlands gegen die Neutralen
中文译文：中立国面临德国威胁

德文标题：1000 Refugees kommen noch in diesem Jahre
中文译文：今年还将有1000名犹太人来沪避难

着眼现在：关心身边人事

生活在上海虹口区的犹太难民，自然对于身边发生的新闻不可能不闻不问。因此在旧报纸上，社会新闻版面也经常充斥着和犹太人利益相关的新闻。如：《黄报》1940年3月5日（星期二）刊登的《虹口区缴纳"流氓保险"》讲述了霍山路上流氓猖獗、向商家收取"保护费"的行为，收款后的商家门上将被贴上字条"已获得保护"。由于帮派太多，竞争无序，商家不知道应该选择谁。作为日占沦陷区，上海那时华洋杂处，三教九流帮派云集，"保护费""过路费"自然不会放过这些"洋面孔"。此类新闻让犹太商人们了解情况，并在以后经商中多长一个心眼。

《黄报》于1940年3月7日（星期四）刊登了一篇文章《一个中国女人在哭》。

"我来中国已经一年，从没有看见一个中国人哭。她坐我对面无声地哭泣，就像承受了深重的苦难。我明白了，看看周围吧，所有人都在为生存而战斗，并不只有犹太人而已。"从看似和犹太难民没有关联的文章中，犹太人也能够以此来激励自己度过生命中的这段难关，可以称得上是在"自省"中不断成长的民族。

5. MAERZ 1940　　　GELBE POST　　　5

Frankreich und die Emigranten

Die Erkennungsmarke

Gangstversicherung gegen Gangster in Hongkew

Public Health Department berichtet ueber Emigranten

Post via Sibiria

Kulturvereinigung

Emigrantenarzt geht ins Innere Chinas

Kanonen statt Butter

Postschluesse in Shanghai

1940 年 3 月 5 日（星期二）《黄报》

德文标题：Gangstversicherung gegen Gangster in Hongkew
中文译文：虹口区缴纳"流氓保险"

德文标题：Public Health Department berichtet ueber Emigranten
中文译文：上海市卫生局报告涉及犹太移民状况

2 GELBE POST 7. MAERZ 1940

England schliesst Blockadeluecken

Washington, 6. Maerz.

Tuerkei verbietet ihren Schiffen Verkehr nach auswaerts

Istanbul, 6. Maerz.

Die Araber fuer England

London, 6. Maerz.

Kommunisten in Paris verhaftet

Paris, 6. Maerz.

Eine Chinesin weint . . .

O. B-r.

ANGST

Ein Roman aus dem vorhitlerischen Deutschland

VON WALTER HARICH

6. Fortsetzung

(Fortsetzung folgt)

Schreibmaschinen Reparaturen

1940 年 3 月 7 日（星期四）《黄报》

德文标题：Eine Chinesin weint…
中文译文：一个中国女人在哭

关爱同胞：关心民族大事

对犹太人而言，即使当时在全世界没有国家，但是他们仍然视自己的同胞为兄弟姐妹。《黄报》1940年3月5日（星期二）《上海市卫生局报告涉及犹太移民状况》一文中提到，3月4日的卫生局报告内容涉及了犹太移民健康状况，经改善，集聚区内犹太人健康状况良好。报告回顾1939年5月5日爆发的流行病，第一天感染病例为30例，到5月28日达到最高129例。报告表扬了兆丰路医院。犹太难民社区的卫生状况如何可以说决定着沪上犹太人的命运。对于健康问题，当然必须予以重视，《黄报》及时将报告公之于众，这体现了一份犹太报纸的公信力和新闻报道的及时性。

同期，《黄报》1940年3月8日（星期五）《今年还将有1000名犹太人来沪避难》：据知情人士透露，今年还可允许1000名左右欧洲犹太人来沪避难。

这其中可以看出，犹太难民对于自己同胞的关心。即使自己身处异乡，却还希望能够收容更多的难民，让他们摆脱纳粹的铁蹄，正如犹太人一直信奉的，拯救了一个人就是拯救了一个民族。

不忘文化：关心文化教育

众所周知，犹太民族重视教育、崇尚艺术的精神，犹如刻在他们的骨子里一般。即使在最困苦的时候，这个民族依然不会忘记

GELBE POST
Shanghaier Zeitung
Erscheint täglich

Eigentümer und Chefredakteur:
A. J. Storfer
Sprechstunden: Montag bis
Freitag: 11-12 vormittags

Schriftleitung und Verwaltung:
17 Canton Road, 1. Stock
(Geschäftsstunden 9-12, 3-5)
Registriert: S.M.P. F-62,
Concession Fr. 1355-A

II. Jahrgang, Nr. 31 — Sonntag, den 17. Maerz 1940 — Mit Illustrierter Sonntagsbeilage: 15 Cents

Franzosen fordern energische Kriegsfuehrung
Vertrauensvotum für die franzoesische Regierung

Veraenderungen im franzoesischen Kabinett wahrscheinlich

Das Ringen um Rumaenien
Deutsche Diplomatie aeusserst taetig

Selma Lagerloef gestorben

1940年3月17日（星期日）《黄报》

德文标题：Selma Lagerloef gestorben
中文译文：瑞典著名女作家塞尔玛·格拉洛夫去世

学习和教育，不会忘记去追求美，去赞美一切文化艺术形式。典型的事例有下述几个：《黄报》1940年3月17日（星期日）刊登了瑞典著名女作家塞尔玛·格拉洛夫（Selma Lagerlf）去世的消息。塞尔玛·格拉洛夫曾于1909年获诺贝尔文学奖，因《贝灵的故事》、《耶路撒冷》、《秋天》等为大众所熟知。塞尔玛·格拉洛夫并非犹太人，但她是瑞典第一位得到这一荣誉的作家，也是世界上第一位获得这一文学奖的女性。

（罗震光执笔）

《上海犹太早报》

旧闻三篇录世实
犹太难民显精神

Three Old Pieces of News Recorded the Truth, and Jewish Refugees Showed Their Spirit

《上海犹太早报》，二战期间犹太人在沪自办的主要媒体之一，我们来撷取几段旧闻，看看当年犹太人在上海的生活以及他们对生活的态度，去理解这个历经苦难的民族在苦难关头有着怎样的精神世界。

Shanghai Jewish Chronicle was one of the major presses established by Jews themselves in Shanghai during the WWII. Let's look at some old stories of the life of Jewish people in Shanghai and their attitude towards life. In this way, we can understand the spiritual world at that suffering moment of this race which had gone through so many difficulties.

"今天的新闻是明天的历史。"旧报刊里的每篇报道,有如点滴记录,往往并不会被收录进一些史料典籍、百科全书里。但是这些"被散落"的资料与知识未曾消失,只是静静地埋入档案室、图书馆,等待着有一天被重新挖掘。这些看似零零散散的故事,或许并不会带来怎样的轰动效应,但却不免会使读者感到眼前一亮。即使从现在的角度和观点看来,它们中的人物,以及所表达出来的美好、忧愁、喜乐、悲伤等等情绪,历经岁月,依然跃然纸上,充满着从历史那头传来的情感共鸣。

犹太难民流亡上海后,在温饱问题尚不能完全解决的情况下,他们对国内外的新闻,尤其是关乎自身民族未来存亡的任何信息都有强烈的了解意愿,一些专门办给犹太人看的报刊应运而生。上海犹太早报 (*Shanghai Jewish Chronicle*),二战期间犹太人在沪自办的主要媒体之一,从不同的角度记录了那个战火纷飞的年代,在中国和世界上发生的各种新闻,尤其是那些主要居住在上海虹口地区的犹太难民中发生的新闻。

那么,让我们来撷取几段旧闻,看看当年犹太人在上海的生活以及他们对生活的态度,去理解这个历经坚辛的民族在苦难关头有着怎样的精神世界。

防空演习时显危机意识

1943年12月24日,在上海的华德路、大连路、茂海路以及其他附近道路划归区域曾进行过一次大规模的防空演习。据《上海犹太早报》的消息，约1200位外籍人士参加了这次防空演习。

下午两点半，随着警报声忽然响起，外国保甲成员和警察立即将演习区域封锁，并禁止车辆通行。演习过程中，一名通信员骑着自行车飞速驰过，车把上挂着写明保号的牌子。"咚"的一声，他在门口跳下来，并大声报告说，"15号，灭火成功。"与此同时，来自不同方向的通信员也一同报告。不远处，一幢房子被炸着火。主力部队的队员立即破窗而入，先将屋内的受灾群众救出，随后开始灭火。整个演习持续了约一个半小时。最后，当时的保长菲利克斯·卡德克发表讲话，他说今后会进一步加强这方面的训练，对可能发生的各种情况做好应急准备。

说到这里，不得不提一下当年的历史背景。1943年年底，第二次世界大战中，反法西斯战争各主要战场的形势已经发生了根本转折，战争的天平开始向盟军倾斜。欧洲战场上，德国陷入两线作战的泥淖之中；苏联开始发起战略反攻；远东战场上，美军连续解放了包括印尼和菲律宾等国在内的太平洋诸多岛屿。尤其是中途岛海战后，日军彻底丧失了战争主动权，开始节节败退，转攻为守。为商讨加速战争进程和战后世界的安排等问题，美、英、苏三国首脑已于1943年11月28日至12月1日举行了著名的"德黑兰会议"。在这样的背景下，远在东亚的上海犹太难民，组织了一场防空演习，且参与的外籍人士达到1200名，这不由得令人推测其初衷——为了应对可能的战争威胁。

由于当时日军已显预势，而犹太社区位于当年上海的日占区内，所以犹太难民不免担心丧心病狂的日军会在战争进行到尾声

SEITE 4   SHANGHAI JEWISH CHRONICLE   MITTWOCH 3, NOVEMBER 1943

Die Luftschutz-Grossuebung der Foreign Pao Chia

Schnappschuesse der Uebungen

Eve Post Photo von Basch Bros

1943 年 11 月 3 日（星期三）《上海犹太早报》

德文标题：Die Luftschutz-Grossuebung der Foreign Pao Chia
中文译文：外国保甲开展大型防空演习

时，将战火烧到自己的家门口来。所以在当时风雨飘摇、尚未站稳脚跟的情况下，他们仍未雨绸缪，进行防空演习，提高警戒意识。可见犹太民族的危机意识十分强烈。

突发火灾中看慈善精神

这场大火来得很突然。1944年3月15日上午9点15分，华德路343弄9号燃起熊熊大火，由于当时正刮大风，火势迅速蔓延到周边，房屋被严重烧毁，其中包括外籍人员居住的5号、7号和11号。火灾造成24名外籍人士不同程度受灾。

一个半小时后大火被扑灭。火灾过后的救灾过程中，可以看到犹太难民和上海市民面对困难齐心协力、同舟共济。

同一里弄的Erco咖啡店店长给予很大帮助，他立即将咖啡店空置出来安排受灾群众和转移出来的物资，并为大家提供茶水。Kitchen Fund（厨房基金会）获悉火灾情况后立刻派出代表前往忙碌的受灾现场，中午前准备了一桶桶饭菜送到受灾群众手中。

次日，在犹太社区的号召下，善后组织募集到来自四面八方的大笔善款。据《上海犹太早报》刊登的信息，捐款的名单中既有像玛丽安糖果店（捐1000元）、"安娜贝拉"时装店（捐500元）、"公平路/昆明路二手货店"（捐666元）这样的外籍和中国商人开的商铺；也有Dr. E. L. I. Singer先生（捐300元）、L. M. Dombrowsky先生（捐500元）这样的个人捐献；还不乏中欧新教徒协会（捐1000元）、格雷格商学院学生（捐120元）和犹太早报员工（捐120元）这样的团体和组织的集体捐款……共有131笔来自公司和个人的捐款，金额从10元至10000元不等，总计44501元，在当时是一笔不小的数字。

Hermann Grabmann 先生虽然只捐了10元，但很可能这是他当时口袋里所有的钱。在灾难来临时，为何在自身相当困难的情况下，犹太人还能够站出来，从物资到金钱，各方面都如此义无反顾地帮助别人呢？这是因为在犹太教义中对慈善有过明确的阐述：行善是每个人的义务，甚至靠别人施舍养活自己的乞丐，其本人也必须救济那些不如自己的人。这是植入每个犹太人心灵的"典律"。所以，在看到同胞受灾受难后，犹太难民即刻相互协作，在现实生活中生动地诠释了"慈善"一词的含义。

打折大衣里现生活态度

《冬天是一个冷酷的人》一文刊登于1943年11月30日的《上海犹太早报》。文章讲述了这样一个故事：随着冬天到来，前来上海的作者作为犹太人，希望能像过去一样，穿上一件大衣，不再畏惧严寒。但事实毕竟残酷，在漂洋过海来到上海之后，买高档的大衣，已成为乌托邦式的梦想，只能等打折促销挑高"性价比"的购买了。

对于曾经在欧洲以善于经商著称的犹太人而言，花钱买一件御寒大衣，小事而已。然而在流亡到上海后，连温饱问题都要靠双手挣钱解决的前提下，高级大衣已是奢求。寒冷的冬天里，处于饥寒中的穷人总是容易首先想到"温饱""安全感"之类的字眼。

但精明的犹太人很快发现了公平路307号有家叫做"安娜贝拉"的时装店，正在做"大衣三天促销"。里面的大衣漂亮高雅，材质柔软，温暖舒适，而且性价比高，又正好在打折。价格范围在1750到2500元之间。"但是，不能犹豫太久，因为明天晚上促销就结束了。"作者这样提醒自己，好像一旦去晚了，不仅错过了一件大衣，更会错过重拾过去温暖感觉的机会。

犹太民族从小就教育自己的后代，要用积极的心态去面对生活中的各种困难和挫折。同样，面对严寒，只要有一颗乐观的心，就没有抵御不了的寒冷。对于犹太难民来说，生活中也同样没有过不去的冬天。怪不得作者说，冬天是一个冷酷的人，当我们有一件温暖的大衣时，根本不需要再对之感到害怕。从一件小小的打折大衣里，也能折射出犹太人面对困难时积极、乐观的态度。

（罗震光执笔）

1943 年 10 月 31 日（星期日）《上海犹太早报》

德文标题：Abschuluss eines Buendnispaktes zwischen Japan und China Japan verzichted auf das Recht der Truppenstationierung in China
中文译文：中日签订同盟条约 日本放弃在中国驻兵权

1943年11月4日(星期日)《上海犹太早报》

德文标题：Religionsschule der Juedischen Gemeinde
中文译文：犹太社区宗教学校 (广告)

Shanghai Jewish Chronicle

Daily newspaper for the Jews in East Asia　　*Tageszeitung fuer die Juden i Ostasien*　　上海太晚早報

Shanghai, Mittwoch 10. November 1943　5. Jahrgang, Nr. 301　Preis C.R.B. 1.60 Dollars

Grosser japanischer Sieg im Suedpazifik

1943 年 11 月 10 日（星期三）《上海犹太早报》

德文标题：Grosser japanischer Sieg im Suedpazifik
中文译文：日本在南太平洋大获全胜

1943 年 11 月 3 日（星期三）《上海犹太早报》

德文标题：Die Beschluesse der Moskauer Konferenz
中文译文：莫斯科会议决议

德文标题：Das Kommunique ueber die Moskauer Konferenz
中文译文：莫斯科宣言

Shanghai Jewish Chronicle

Shanghai, Dienstag, 7. September 1943　5. Jahrgang No. 241　Preis C.R.B. 1.—

Heftige Kaempfe an der Strasse Moskau—Smolensk

Japaner vernichten zahlreiche Schiffe bei Neu-Guinea

Die Entwicklungen der Sommerschlacht im Osten

Deutsche setzen Frontverkuerzung im Sueden fort

19 feindliche Flugzeuge ueber Wewak abgeschossen

7 amerikanische Flieger ueber Colombangara abgeschossen

Japanische Lufterfolge ueber Bougainville

1943 年 9 月 7 日（星期二）《上海犹太早报》

德文标题：BARCELONA
中文译文：(广告)“巴塞罗那”欧洲咖啡馆今天下午三点开业　地址：舟山
路 21 号　电话：51403

1943年9月12日(星期日)《上海犹太早报》

德文标题：Juedische Gemeinde
中文译文：(广告) 犹太人社区礼拜日
传统仪式：百老汇剧院、嘉道理学校、爱尔考克路、兆丰路和霍山路收容所内
自由仪式：东方剧院、嘉道理学校
售票：从9月14日(周二) 到9月21日(周四)

1943 年 9 月 12 日（星期日）《上海犹太早报》

德文标题：Adolf Hitler ueber die Kapitulation Italiens
中文译文：希特勒就意大利投降发表广播讲话

1943 年 9 月 10 日（星期五）《上海犹太早报》

德文标题：Kapitulation Italiens; Deutsche Truppen besetzen strategische Punkte in Norditalien
中文译文：意大利投降 德军占领北意军事要地

德文标题：Japans entschlossen bis Sieg zu kaempfen
中文译文：日本决定战斗至胜利一刻 日本情报局就意大利投降作出声明

1943 年 9 月 16 日 (星期四)《上海犹太早报》

德文标题：Neujahrsnummer der "Shanghai Jewish Chronicle"
中文译文：(广告)"犹太早报"新年刊
不要错过好机会，在新年刊上 (9 月 29 日起连续三天) 刊登"新年祝福"

1943 年 9 月 29 日（星期三）《上海犹太早报》

德文标题：Jahreswende-Schicksalswende
中文译文： 新年交替——命运改变

1943 年 9 月 12 日（星期日）《上海犹太早报》

德文标题：Rom von den deutschen Truppen besetzt
中文译文：德军占领罗马

德文标题：Militaerische Lage in Italien ziemlich ungeklaert
中文译文：意大利目前局势不明朗

1943 年 9 月 11 日（星期六）《上海犹太早报》

德文标题：Roosevelt prophezeit Verschaerfung des Kriegs
中文译文：罗斯福预言战争形势将更加恶劣

SEITE 2 — SHANGHAI JEWISH CHRONICLE — FREITAG, 17. SEPTEMBER 1943

Russen setzen alle verfuegbaren Kraefte ein

OPS, Berlin, 16. Sept.

DNB's militaerischer Korrespondent an der Ostfront, Oberst Ernst von Hammer, schreibt, dass sich die sowjetischen Grossangriffe an der Ostfront jetzt vom Kuban-Brueckenkopf bis zum Gebiet nordoestlich von Smolensk erstrecken. Die Sowjets haben, wie er schreibt, jetzt alle verfuegbaren Streitkraefte in die Schlacht geworfen, um vor Einsetzen der Schlammperiode eine Entscheidung zu erzwingen.

Offensichtlich haben die Sowjets das Ziel, die deutsche Westwaertsbewegung, suedlich und noerdlich der Kampfzentren, zu ueberfluegeln und so die gesamte deutsche Front zum Zusammenbruch zu bringen. In diesem Unternehmen brachten die Sowjets erneut schwere Opfer und verloren allein im Suedsektor mehr als 300 Tanks.

Im oestlichen Teil des Kuban-Brueckenkopfes zerstoerten die deutschen 32 von 35 feindlichen Tanks.

Im Gebiet westlich von Krismkaja waren die Sowjetangriffe ebenso erfolglos wie bei Novorossiisk, wo die Lage seit Tagen unveraendert ist. Bestaendige schwere Regenfaelle haben die Fluten des Kuban erhoeht.

Gutes Wetter herrscht dagegen von der Nordkueste des Asowschen Meeres bis hinauf zum Zentralsektor der Ostfront.

Die deutschen Absetzungsbewegungen werden fortgesetzt.

Auf dem Suedfluegel, oestlich von Pologi, stossen die Sowjets vorwaerts. Ihre Spitze wurde jedoch durch einen deutschen Gegenangriff aus dem Gebiet suedoestlich von Pawlograd zum Stehen gebracht. Bei dieser Gelegenheit verloren die Sowjets 21 Tanks.

Auch im Zentrum des Suedsektors unternahmen die Deutschen Gegenangriffe und vernichteten mehrere sowjetische Kampfgruppen, die vor einigen Tagen umzingelt worden waren.

Ebenso kam es im Gebiet westlich von Barwenkowo zu sehr erbitterten Kaempfen. Dort wurden 17 Sowjettanks zerstoert.

Im Kampfgebiet von Kharkow waren die sowjetischen Tankverluste am schwersten. Alle sowjetischen Versuche, die deutsche Hauptkampflinie am Westrande des Donez-Sektors zu umgehen, brachen angesichts des ungeschwaechten deutschen Widerstandes zusammen.

Die wechselvolle Schlacht im Gebiet noerdlich von Poltawa geht weiter.

Nordwestlich von Kharkow war der Sowjetdruck am Schwersten. Die Sowjets unternahmen mit aussergewoehnlich starken Tank- und -Infanterie-Massen unaufhoerliche Angriffe gegen die unterlegenen deutschen Streitkraefte und konnten die Deutschen zeitweise zur Rueckverlegung ihrer Linien zwingen. Bald darauf unternahmen deutsche Reserven jedoch Gegenangriffe und nahmen das verlorene Gebiet wieder.

Auf beiden Seiten sind die Verluste betraechtlich, mit dem Unterschied, dass die Sowjets in diesen Kaempfen innerhalb weniger Stunden mehr als 220 Tanks verloren und 13 unbeschaedigte Sowjettanks in deutsche Haende fielen.

CPS, Berlin, 16. Sept.

DNB's militaerischer Korrespondent, Oberst Ernst von Hammer, erklaert in einer Beschreibung der Kampflage im Mittel - und Nordabschnitt der Ostfront, dass der Fluss Seim als die Trennungslinie zwischen dem Sued- und -Mittelsektor betrachtet werden kann.

Es ist daher nicht ueberraschend, dass die Sowjets letzthin eine Grossoffensive auch gegen diese Linie wiederaufgenommen haben, um die beiden deutschen Armeegruppen zu spalten.

Bisher sind jedoch alle sowjetische Versuche die geographische Trennungslinie in eine militaerische zu verwandeln, vereitelt worden, waehrend alle Versuche, den Fluss zu ueberqueren, im konzentrierten Feuer der deutschen Waffen zusammenbrachen, wobei die Sowjets schwere Verluste an Menschen und Material erlitten.

In der Lage bei Briansk traten keine Aenderungen ein. Die Russen operieren nach wie vor hoechst vorsichtig.

Laengs der Desna ist die Lage anders. Hier nehmen die Sowjets unaufhoerlich Versuche vor, die Westseite des Flusses zu gewinnen. Auch in diesem Kampfgebiet gelang es ihnen nicht, ihren Versuch, den vor einigen Tagen errichteten Brueckenkopf zu erweitern und gleichzeitig den deutschen Brueckenkopf auf der Ostseite des Flusses zu zertruemmern, zum Erfolg zu fuehren.

Der Schwerpunkt der Kaempfe an der Zentralfront liegt noch immer im Gebiet zwischen den Strassen Roslawl - Moskau und Smolensk - Moskau. In diesem Gebiet unternahmen die Sowjets, unterstuetzt von starken Tankformationen und machtvollen Kampfflugzeugverbaenden, neue Angriffe. Es gelang den Sowjets, an zwei Punkten Boden zu gewinnen, doch ging ihr Einbruch nicht ueber oertlich begrenzte Gelaendegewinne hinaus, die von den Deutschen, trotz zeitweise sehr kritischer Situationen, in kuehnen Unternehmen unschaedlich gemacht wurden.

Schwerpunkt der Kaempfe im Sueden der Ostfront

CPS, Berlin, 16. Sept.

Gemaess einer ausfuehrlichen Beschreibung deutscher militaerischer Kreise der Lage an der Ostfront, liegt der Schwerpunkt der Sowjetangriffe gegenwaertig im suedlichen Abschnitt, am Flusse Desna suedwestlich von Kirow, und noerdlich der Strasse Moskau-Smolensk.

Waehrend schwere Regenfaelle den Kuban anschwellen liessen, herrscht von der Nordkueste des Asowschen Meeres bis zum Mittelsektor der Front schoenes Wetter.

Im Suedabschnitt versuchen die Sowjets immer wieder, die deutsche Hauptkampflinie am westlichen Rand des Donez-Gebietes aufzurollen.

Alle diese Anstrengungen blieben jedoch erfolglos und waren sogar, wie diese militaerischen Kreise erklaeren, strategische Fehlschlaege.

Nur im Gebiet noerdlich von Poltawa dauern die wechselvollen Kaempfe an.

Unvermindert stark ist der Sowjetdruck auch nordwestlich von Kharkow. Dies erforderte eine voruebergehende Zurueckverlegung der deutschen Linien. Deutsche Reserven unternahmen jedoch Gegenstoesse und eroberten einen grossen Teil des verlorenen Gebietes zurueck.

Im Verlauf dieser Gegenstoesse verloren die Sowjets innerhalb weniger Stunden mehr als 220 Tanks.

Heftige Kaempfe wueteten am Dienstag auch laengs der Desna. Die Sowjetarmeen setzten ihre Anstrengungen fort, das Westufer des Flusses zu erreichen, um den vor einigen Tagen errichteten Brueckenkopf zu erweitern und gleichzeitig den deutschen Brueckenkopf auf dem Ostufer zu beseitigen. Militaerische Kreise erklaeren, dass diese Operationen jedoch ein voelliger Misserfolg fuer die Sowjets waren.

Die Kaempfe im Zentral-Sektor finden gegenwaertig im Gebiet zwischen den Strassen Roslawl-Moskau und Smolensk Moskau statt, wo die Sowjets erneut starke, von Tanks und Bomberformationen unterstuetzte Streitkraefte eingesetzt haben.

In deutschen Kreisen wird zugegeben, dass diese Sowjetstreitkraefte an mehreren Stellen in die deutschen Linien einbrechen konnten. Die Deutschen unternahmen jedoch zahlreiche Gegenangriffe, die nach heftigen Kaempfen zur Neutralisierung der voruebergehend kritischen Lage fuehrten.

Der russische Offensivdruck haelt auch im Gebiet suedwestlich von Kirow bis nach dem Gebiet suedwestlich von Belly an, doch ist es nicht zu wesentlichen Aenderungen gekommen.

Die italienischen Interessen in China

Central Press berichtet aus Tokio:

Kreise, die amtlichen Stellen nahestehen, erfuhren gestern, dass der groesste Teil der italienischen Interessen in Gross-Ostasien in China konzentriert ist.

Von den 966 Italienern in China leben 301 in Nordchina, 641 in Mittelchina und 54 in Suedchina. 459 der 641 in Mittelchina lebenden Italiener, befinden sich in Shanghai, neun in Hangchow, 43 in Nanking, zwei in Kuhu, drei in Kiukiang und 125 in Hankow.

Unter den amtlichen Organen in China befinden sich die italienischen Botschaftsbueros in Nanking und Peking, ein Generalkonsulat in Shanghai und Konsultae in Tientsin, Hankow und Canton. In Chefoo ist ein italienischer Vizekonsul stationiert.

Die italienischen Interessen in China sind hauptsaechlich auf die fruehere italienische Konzession in Tientsin, das fruehere Internationale Settlement in Shanghai und Amoy konzentriert. Shanghai besitzt 70 Prozent aller italienischen Interessen in China in Form von Banken, Schiffahrtsfirmen, Versicherungsgesellschaften und Geschaeftsbueros. Die italienischen Investitionen in China, einschliesslich der Anleihen, werden auf etwa Yen 90.000.000 geschaetzt.

Ausserdem gibt es in Shanghai und Tientsin drei italienische Radiostationen.

Transaktionen mit Italienern in China eingestellt

CPS, Nanking, 16. Sept.

Das Finanzministerium hat nach der bedingungslosen Kapitulation der Badoglio-Regierung die Einstellung aller Transaktionen mit italienischen Staatsangehoerigen angeordnet und die Finanzinstitutionen werden besondere Bestimmungen fuer die Durchfuehrung dieser Massnahme ausarbeiten. Auszahlungen an italienische Konteninhaber und Zahlungen an die italienische Botschaft werden eingestellt.

Grosse Ereignisse

werfen ihre Schatten voraus! Seit ungefaehr 6 Wochen ist in der 343 Ward Road Lane ein ruehriges Treiben. Tischler Maurer, Maler, Installateure, Rohrleger Architekten und was sonst noch zur Bau-Zunft gehoert, laufen geschaeftig umher. Ich fragte neugierig, welches Haus denn soo umgebaut wird und.....vielversprechend und verheissungsvoll wurde mir die Jubilaeums-Nummer 25 genannt. Was soll denn da eroeffnet werden, ist meine weitere Frage? Aber ein nicht sehr aufschlussreiches Achselzucken war die karge Antwort....und so beschliesse ich eben abzuwarten. Nun habe ich des Raetsels Loesung! Das Orthopaedische Institut Dr. Philippson, vormals in der French, Route des Soeurs, eroeffnet oder besser hat inzwischen seine Pforten geoeffnet. Nicht nur der bekannte Medico-mechan. Uebungs-Saal ist in den Distrikt verlegt worden, sondern ein allen europaeischen, modernen Anforderungen entsprechendes Bade-Haus fuer Medizinische Baeder und....nun kommt die Hauptsache, die uns alle angeht, fuer allgemeine, einfache Wannen-Baeder, die in hygienischen Einzel-Kabinen verabfolgt werden.

Einem dringenden Beduerfnis ist nunmehr entsprochen worden....und wir koennen wieder "mit Appetit" ein herrliches heisses Vollbad nehmen und es liegt nun an uns, von dieser ausserordentlich wichtigen Errungenschaft Gebrauch zu machen, zumal die Preise absolut niedrig gehalten sind, ein heisses Vollbad kostet naemlich nur 12.—$. Massage 10.—$ Pedicure 10.—$. Bad mit Pedicure u. Massage 30.—$.

Ward Road Lane 343 ist ein Begriff geworden, Haus 25 eine Sehenswuerdigkeit, ein Helfer in der allgemeinen, koerperlichen Hygiene. Wir alle werden zur Vor-Anmeldung erwartet. Treffpunkt: Privat-Bad Dr. Philippson, 9-12 und 3-6 Uhr taegl. Eine freundliche Aufnahme und Fuehrung durch die Baeder ist zugesichert.

Adv.

1943年9月17日（星期五）《上海犹太早报》

德文标题：Russen setzen alle verfuegbaren Kraefte ein
中文译文：苏联将动用所有军事力量

《四友月刊》

生存艰难志不移
"重回祖国"藏心底

Survived the Hard Times Telling Stories of Back-to-Motherland Dreams

在已经发黄的《四友月刊》上，长篇报告文学《犹太人在上海》连续9个月连载，将一个个上海犹太难民的故事呈现出来，让我们得以触摸他们曾经的苦难。他们颠沛流离来到上海，于虹口的难民营里，艰难顽强地生活，将重回祖国的希望搁在心底。

A long reportage literature titled "Jewish People in Shanghai' serialized for a consecutive 9 months was found on a *Si You Monthly* which had turned yellow because of the time，presenting us with many stories of Jewish refugees in Shanghai, allowing us to feel the sufferings they once experienced. They came to Shanghai wandering about in a desperate plight and strived to earn a living in the refugee camp in Hongkou District while bearing the hope of returning to their motherland all the time.

在已经发黄的《四友月刊》上,长篇报告文学《犹太人在上海》,将一个个上海犹太难民的故事呈现给今天的我们,让人得以触摸他们曾经的苦难。该连载竟持续了九个月。

不少流亡的犹太人,起初没有打算以上海作为目的地,在遭到多次驱逐以后,方于上海寻得安身之所,I先生是其中非常典型的一位。他1933年离开法国到达西班牙,不曾想西班牙爆发内战,于是又去了意大利,在米兰找到了工作,总算可以过上正常的日子。不幸的是一个所谓反犹法律,逼使他再度走上流亡之路。这一次他踏上瑞士的土地,被允许可以逗留四周。此时,他只有想办法去南美,因为那里有他的亲戚。然而不知费了多少周折,他没有拿到前往南美的护照,绝望中他又返回意大利,最后不得不买了张三等舱船票,启程远赴上海。16个星期的海上漂泊,他精疲力竭地到达上海。虽然身无分文,但比很多难民的运气还是要好一点,因为他很快找到工作,生存有暂时的保证。

更多的犹太家庭处于支离破碎状态,家庭成员分散在不同的国家,苦苦等待团聚的一刻。K先生的儿子与媳妇搭乘圣路易丝号轮船,准备前往古巴的哈瓦那,从那儿转往美国,与亲戚会合。然而轮船遭到所经各国的拒绝,无法登陆。K先生的其他家庭成员还在荷兰,他和一个侄子在上海,日夜盼望能够与家人取得联系。

那时,欧洲各国的犹太人到上海多半只能乘坐邮轮,海上航行时间长条件差,往往停靠码头时,犹太人还被禁止上岸。1939年6月,一条德国的航船停泊上海港,自船上下来的496位难民庆幸自己终于有地方安身了。这条船在海上行驶了72天,为了避免交纳

38　——刊月友四——

德国 JULIUS RUDOPH 著　潮邊譯
報告文學　猶太難民在上海

被迫前去意大利的米蘭(Milon)，並且在那裏被到了工作。但是，不幸得很，又因為反對那族的法律迫他離開意大利，結果又第三次。變為難民。同時，他到了瑞士，才被允許勾留四個星期。I君因有親屬在厄瓜多爾(Equador)南美便希望到那裏去辦一張巴拿馬代領所的護照，他準備了一切事務擔保證是絕對按照次序的。寫的家在安全逸境，I君要求在瑞士 Equador 領事，他自己是瑞士人，是否證照是要按照次序時得到一個堅定的答復。I君，因之乘了一艘意大利到輪到 Equador 他在那裏發現了他的護照，是一個很好儲件。當他想喬一張到一個南美國去的護照失敗後，他的親屬給他一些證據到回歐洲。

I君帶備的具能在意大利勾留二三個星期，一張到瑞士的護照遭受拒絕到後他就華不到法國的譯照了。結果，買一張三等軍票到上海來，差不多就擱十六個星期之久才到達，途中他打算着回國信，於是她再寫信詢問，不久見後才收到一封信，叫她到集中營所去會他。「你到現在才來取你的丈夫」和一個小小匣子和一個小小匣子里來你的丈夫 G 先生的骨灰。G 太太是從上海咖啡，在這張同樣與她丈夫擱在集中營裏的人，「告訴她」，G 先生的死是由於第二次入集中營受傷。G 太太在上海找到了一個工作就在西班牙，意大利到中來。

的丈夫寫信告訴他說，此間只要能保證離開本國，即可釋放。據說上海當局不查護照，屆 G 太太巳經在中國領事館弄到了一張。同時從意大利輪船經理處也弄到了一封。來證明他們的通行證件。她把這些文件都快遞寄給了丈夫，但是沒有著着回信，於是她再寫信詢問，不久見後才收到一封信。

等天亮就逃到訂冊所夫，簽筆在街上睜候着九個鐘頭，官吏們使他們等待的心理堅定，那些老遊命令一部份人去受一受哥刻的調練，和年青的婦女卻例外。這樣的待遇，雖然有也時感覺喜悅，無論如何，是一種冷淡的同情。

G 太太卻沒有這漫快樂的回憶。她曾經準備着與那個在一九三八年年終離開了集中營的丈夫同來上海，當他丈夫在頂後方的時候，船票已經登記了意大利 Conte Rosso 減輪。不久以後她

很樂意訓練那些等候發給通行證的人，許多人不等天亮就逃到訂冊所夫，許多德國官吏，其中有些青年當員，他們更壞。

墜過些德民的極，公正的說：猶太人縱而在奧國所受的遭遇，實在比在德國着回信，因為她有一點瘋狂在主人的印像下變天只後就脫離了。

事實是這樣，百分之九十在上海的難民，是缺乏自信心，能對於將來找到一些同情難民的打算。像 I 先生是一九三三年離開，才到上海以後，已經是一文英名字了。許多住在上海，無工作，無家庭，變寫了無產階級。有些經驗豐富，名望崇高的人，閒散如個虫似

的代替了他們的工作。靜候着那沒有來臨，而他們相信一離開後就會失去的機會。

許多家庭已離支離破碎了。K君的兒子與媳婦搭着一條著名的法國郵船聖路易號，那是特準載九百四十四個猶太人到哈佛拿的。在此旅客中很多人，像K君的親屬在美國同國內移居着充許的屬地內企圖靜候在哈佛拿，直到他們譽回到還居人境的一份。可是古巴，雖然時常給予進口的機會，對於那些終要運入美國的人、國外移居者旅行到山多明角，巴拿馬，再回到歐洲。德國直相曾經說過，他能爲難民做任何事件都必要做的。但是雖然向着華盛頓，倫敦，巴黎廣播演說在英國法國比利時荷蘭之前很久，最後才表示贊同收納近九佰，四十四個難民。

K君住在上海等候着去古巴與他的家庭取得聯絡，當他盡到富局的告示，阻止那些乘坐型給易號的旅客登陸。是時K君的家庭住在行廚，他目己卻在上海等候時。K君問一個孩子，是在德國做泥水匠的。一個基督新教的父親，猶太的母親的兒子他自己是一個基督新教徒，所開百分之五十 Aryan 他不願離開德國，他得到了許可來上海找他的叔父時儘儘寫了此事，而受了很大的困苦，當我們到了這個青年時，他正設法弄到些鐵去做小販

時候「我們大家問他一零：你燡什麼去做一個小販？」你是一個有真實手藝的泥水匠爲什麼不個還裏操着你的手藝呢！

迎春論

「春回大地，氣象更新」。在抗戰勝利的今年，是有特別重大的意義了。　或曰：「陽春有脚」。　春會自然的來臨，用不着迎接，現在要去迎接，是何道理？作「迎春論」。

夫「迎春接福」，是我們家家戶戶遍貼桃符的老標語。是春之應迎，其義明爽。不過迎的方法，現在是有改良的必要。

我們老祖宗傳下來的方法，是在立春的那一天，用一顆白菜，把好好的束上紅紙，好好的放在一隻瓷花碗裏，擺上神的供案，更貼上一張「迎春接福」的小紅條兒，放懸掛牆竹，礎礎個響遭，誠可謂恭而且敬，慎而且重焉。

現在呢？世界變了，時代轉得太快了。礎頭迎春，不作興了。現在是「戰時」，是要用爭取的精神。所以這回的「迎春」，老實說，要有一點搶的意味。

搶字，實在是有點不雅觀，只因倭子鬼太不講理，牠不但搶我們一切衣食住行的資料，還要搶我們的老命。你想，在這個搶的世界裏，我們還能夠揖讓而升，拱拱揖擂嗎？故曰：「予豈顯搶哉，余不得已也！」

「春」回大地，「氣象」是不是更新？你看戰區的上地，有誰播種。被倭子鬼焚了的屋，殺了的人，還不是瓦礫一堆，屍骸遍野嗎？那些地方，春如何能夠降臨，更有誰去迎接。所以今年迎春的方法，第一是要收復淪陷的上地，第二是各人要堅穩自己的崗位，準備迎春的工具，（如農的耡動，工的刀斧，商賈籌馬上的車駕）更加上十足的搶的新精神去工作。

「實幹，快幹，硬幹」這是我的「迎春論」，也就是我的「搶春說」。完了。　　　　·涤崇炳於羅村寄廬·

苏伊士运河的通行费,轮船绕道好望角,使船上的难民雪上加霜。不过,船上的境遇还是比他们在德国要好一些,因为他们全部来自集中营。

当年,从一条条船上下来的犹太流亡者多数被安顿在虹口,为什么会选择此地?这是很多人曾经有过的疑问,原因是当时虹口的房租低,食品价格低,犹太难民可以在这里以比较低廉的价格维系生计。当时虹口的房租比上海其他的租界低,与法租界甚至相差75%,因此,由政府及社会团体主导的难民营也都建于此,给那些没有能力自己生存的难民,提供一个庇护场所。难民营里的气氛一度比较紧张,这可以从栖身于此的难民小心翼翼地避免触及政治话题中反映出来。难民营里的人有不少极度贫困,又无法顺利找到工作。曾有记者走访难民营,上午11点发现有人在床上睡着,还以为是生病的缘故,上前一问,躺着的人悲伤地回答"我的病是裤子的病"。原来这一位仅有的一条裤子送裁缝店了,大约需要修补,他只好躲在床上,其窘迫可窥一斑。而维系难民营的艰难程度也从一个数字反映出来:这个难民营每顿饭可为250人提供饮食,尚有600人等候吃饭,门外还有很多难民等候领取食物。由此可以想见,当时难民之多,生存之艰难。

难民的出路在于得到护照前往其他国家,或在上海找到工作。但是,这两样都不容易,有数据显示,难民营的九千人中只有4%约350人具有专门的技能,比如医生,这些人比较容易找到工作。其他的包括商人、店员就没有这么容易得到适当的工作。有些在社团的帮助下,逐渐安定下来。如上文提到的K先生的侄子是一个

13　一四友月刊一

四、

這大批住在虹口的難民，終于以嚴重的威脅，另外也有些報館的主筆，甚至有些日本官員，認爲這些難民是有惠益於虹口的，他們在白的指明，日本企業大亨遷很小而且不重要，在那迸些难民卻已經將那些被毀滅的店舖重建起來，在那迸今尚屬荒涼的虹口街上，頗完了一個新商業的中心。

以後，不幸的日子隨着光臨了，對於此後的難民，事情發生在陽曆八月十一號，三天以後，上海工部局和法租界宣佈不准歐洲難民再行登陸。是時已經在上海的難民，約有一萬五千人，還有三千多倘正在途中，很多盼望着，對於住在虹口的難民給予了一個炸彈似的威脅。同時，這種可怕的景像，成千的豪庭滿希望來的家的，要在下個月以內趕到，不料現在又要變爲破碎了。

不久以後，因爲建造一個新的難民集中營，他那個操泥水匠職業的姪子，就獲得了工作，自然，其他的繁可是那個意大利學醫的M小姐，也有待業所謂！太太是一個綘衣匠，到上海後卻在一個今尚荒涼的虹口街上，頗完了一個以外，還有他旅所謂！民卻沒有這樣的幸運，在德國的縫衣匠的輩的悲哀！一個賣肉體出賣靈魂的輩女，的羲女，無辜失去一九三九年的六月，自餘爲爲失業的悲哀！

一隻所謂德國 Usaramo 號的「航船的乘客四百七十六個難民，零大華四百十六個難民，費時七十二天，無費旣昂高，待遇更令人討厭這個膾份的伙食又那麼壞，過了十三天空中，旅客儘份准登岸，其實並不完全却由細亞進許登單有一次，白餘就到別處，不爲只集中營，把這些難民當局這些沒有猶太人財產的款子爲犯，那許多僑商已經開設了店舖餐館，咖啡館於虹口一帶。不過，間或日本當局對於難民的商業，很久沒有想過異議；本市當局對於難民的商業，發表在一九三九年五月的日本報紙上，表示對

獨太村，對於日本的商業貨物的價格很低廉，獨太村在那個圈子裏的關係近低，就是他們的生意經。因爲猶太村，對於日本的商業貨物的價格很低廉，已經造成了獨太村的重要，因爲許多難民，從經濟上看起來，也許，是這本身且買且商的貨物，也許，是獨太村的大特點，其中有一個新工廠，無線電廠在上海市場，設了無線電在上海市場，廠，雞民就用他們的工具工作，其中有一個美國的無線電最低裝本製造業的。本製造業使宜百分之七十五，真空管及其他就多材料多爲日本製造的。

13 ——四友月刊——

猶太難民在上海

JULIUS RUBOPH著

潮邊譯

的問題，就是覓取租金低廉的棲身之所，第二才是找便宜的食料，這二件東西在虹口都是很豐富的。

五、

虹口的地租比法租界或其他租界都較低，有時幾相差百分之七十五。雖然虹口有着很多荒蕪的房屋出租，而西部晾轄區域的租金，卻不斷的增加，自然，這些經選召租的房屋，並不很舒適，都是被迫而住在這髒垣亂瓦當中，和凄涼的街上。雖然如此，可是難民離開集中營後，第一件追切需要的安適。無論如何，難民住到虹口是必需的。很多難民住在難民營外，仍然依望着那些定規覓食，同時這些難民營完全是設立在虹口的。因為他們想住租界是不可能的。同時那些租界上的旅館主人也不能的。記者看到十個任租界房子的廣告，內中都藏有「不租難民」的字樣。其中只有兩個德國的旅館主人插入的即使他們要求的話，都不能允許難民的，其餘八個中，五個是俄人，兩個是英人，一個是意大利人。

難民的狀態，可以從一個青年的談話中綜括着，「我們不希望混入政治的圈子裏」。他這樣告訴我們：「我們有一個苦惱的命運在德國，可是我們已經離開了那兒而來到上海了。此時我們離

○有時外籍人們也詢問着歐洲難民離開德意之後住在虹口在這種軸心的權力治的圈子裏，雖然虹口的政治力量算是上海工部局的政治力量的一部份，其實真正的權力，還是操之在日本軍事當局的手中。

有些難民，已經創辦了新聞報紙與刊物，雖然那些出版的內容與性質各有不同，而編撰人員的言述，很顯明的是絕對正確的。他們也不發表論文去誹謗納粹政權。那些外籍人很驚訝的，以明白難民這種中堅的論調發表的論文，明白難民的保護者，德國的上海殖民地與難民到此時不覺得驚奇。因為難民中有些是以使他們嘖嘖發生怨責的，在他們自己的國家政治，也大多數找不到工作而發生了神經的刺激，也有些難民的口角是出於他們的天性與澳洲人中間的相互仇恨，這充分表現德澳難民時常中的宿仇，沒有消滅。普魯士與澳州人

然倚恭着那些反抗中國國民政府反抗不列歇的人的美。我們並不反抗中國政府也不反抗列歇。我們反抗着關於政治的情況。我們沒有任何關係。像我們這樣的關係。介入人可笑。為的除了那自討煩惱以外別無所為的政治問題，而分開為兩個營地。

泥瓦匠，就谋得了一份手艺活。也有迫于生计沦为舞女的。当然，
不少犹太难民通过自己的努力，终于在上海过上了相对稳定的生
活，并带动了虹口提篮桥一带的繁荣。而一个不可否认的事实是，
也有难民拒绝工作，完全依赖难民营的供给。这些人自然也受到
来自周围的压力和谴责。

　　身份问题也严重困扰难民，尤其是德国犹太人，他们被自己的
祖国驱离，成为一群失去国籍的人。但是他们生于德国长于德国，
说的是德语，思考方式也是德国式，其中的很多人还有德国护照，
而眼下却不被德国政府所承认，着实心酸至极。有的人说他们身
为德国人，既不希望也不在事实上做其他国家人。有一个参加过
1914—1917年战争的难民质问："我参加过军队作战，并且因受伤
而授了勋章，你说我愿不愿意做德国人？"另一人说："我们受了德
国的教育，难道还能改变我们的意识吗？"很多人表示纳粹政权灭
亡，他们会回到德国。但是，也有部分难民表达了对德国的极度失
望，再也不想回去了。

　　与祖国密切不可分的是母语，难民们在一些国家被禁止说德
语，在英国他们就得到忠告不要在公共场所说德语，宁可说蹩脚的
英语。相比之下，虹口的难民营里，他们得到了精神上的解放，他
们可以随意说德语而不必担心遭受迫害，他们可以办德语报刊电
台，他们还可以假定自己仍然是德国人，将重回祖国的希望藏在
心底。

（黄媛执笔）

猶太難民在上海

JULIUS RUDOPH著

·譚遜朝·

六

不久以前，我們曾與一位英籍小姐有一次開朗的談話。難民，她說，上海的俄國及德國人的集團現在很擴大了。其中很多都有德國護照，所以，她說，他們假定都是德國人。其實，這位小姐錯誤了，其中大部份不是純同德國。

我們從不同的營屋中訪問了二十四個難民，問他們對於德國有什麼感覺。其中十一個表示，他們再不回德國去的。其六個表示，他們已經恢復為德國人，既不希望也不在事實想做其他別種人。其中有一個說：我們受了德國的教育，難道還能改變我們的意識麼？另外還有一個說：我參加過軍隊作戰，從一九一四—一七年，並且因受傷而授了勳章，你想我是不是顯做德國人？其餘的告訴我們，我們不久才做德國人？還是別的政府說：要是別的政府規劃而代替納粹政權，他們一定要回到德國去。但是有三個人聲明，他們願回到德國去。

這些殺逃中可以把難民的種種憂受殘酷的慘痛，從他們及他們的親屬意見分析出來。

他說，真正的問題是這樣：英國，難民在那裏找到收容所的其他國家，應當知道，僑民對於納粹國家的印像如何。例如他們應當知道，難民對於戰爭情況或聲如何？他們是不是應當仇視這種國家？他們有任何政治使命或者他們否願意在一個保護他們國家裏做忠實的公民？

在上海，也許有很多地方，可以滿足難民眷着他們自己的國語。這裏有一個俄國商店，只有一個人講俄語。這是一個國際城，任何人都可以在這裏，操他自己的國語。難民在其英國知道由於不列顛庇護安全應當操那種語言，知道他們的小孩子將來會漸漸變成美國人的。

但是上海怎樣？在這裏誰是他們的庇護者？中國或公共租界的工部局麼？他們收容所所在的日本佔領的地方麼？或者是租界當局麼？那些不知道英語已經會無疑的學到的人，但是並非全是如此。究竟他們曾否將現在德國語把持的地方割給英國，因為一個人所講的話有一種潛力把他與他的國家約束在一起的。

摩擦與憤怒，在生活於上海收容所的難民中是不會消滅的。主要的原因是德國祖宗反抗她同伴的更剛毅的邏輯。

猶太難民在上海

潮遷譯

七、

無疑的，這是一個金錢問題，這許多新來的歐洲難民，都是在他們陣線中的老手，同時他斷定中國的勞工，在適當的管理下可以生產與歐洲工廠同量的物品。有些難民已經有大批的物品輸出歐洲，同時他們會利用世界各國的關繫。但是着手與準備上却是在在需錢。

無疑的，這是一個可憐的同伴，却不得一抱。這是很凄凉的，我們想朝線達這人的心理。有些可以找到地方住的人偏偏客要住這幾。三十四十以至于五十多個人住在一個屋裏，又，有一個能寫一封信级清一大疊的圖章地方。有時一個家庭住的人，被此分開着；丈夫和一個男子住在一房裏，他的妻又和另外一個女人在別處住着。這樣，沒有誰會給他們一個愉快的，頭等旅客是在船上沒有衣服和無雙去化費，所以，他們常被那些旅客視爲下流，認爲他們這些窮措大的旅行。

就是那些乘坐頭等票的人，也不會就是其的，但不難知道，那些難阻塞中營的人，不願接受那十位Reich馬克中的准許很多僑民離開德國，甚至Marks他們自己也不能有着離開一個月之久的旅行。

Max P.我們看見他在上海是一個可憐的小鬼，他不曾看過一個這樣的海在他的生命中。他是賺飾了意大利的定期郵船Conta Rosso號的頭等票，因爲他的家庭更次頭的票，自一九三九年一月份逃，所有艙位只有上等票會……

撐入上海商塲就會的圈子，並不很難，在那些的老手的方針上，中國人與很國人的公司都不會要多到硬，但是據說來，僅僅又只有一部份的難民是專門人才。問題總給什麼事到這些個人住在一個屋裏，有疑問律師，商人店務去做。的確，有疑問律師，已經開設了事務所，一個醫生在信曾化學藥品，但是，大部份仍然是沒有辦法的。

有些難民自首自憐，拿近着他們現在的生活程度，幾不多是他們從前所過的最低生活。救濟委員會的給養有限。能夠維持的人，又要估定便宜。一切問題便宜，是如何說法減低給養和宿令的载，以及如何教育兒童與如何圖謀工作。有同樣難民收容所比其他的更好些，委員會的標準。委員會的最好的一切想選定同一的標準，但一切想選定同一的標準，是如何說法減低給養和宿令的载，對於那些不得已住在外面隨意找得到房子安置的人。却要住在收容所裏。領取了食料還要加添好用。這種低度的生活，對於那些不得已

住在這裏的人的健康，遲早會有一種危險的。因爲不能夠恢復那些失了去「自險的。一人底自信，很多人住在這裏就不戒想到將來生活的合理概念。不必驚奇，難民在沒有到達上海時，就時常發生齟齬。很多人從不會有過一次比遠還個鐘頭來到了一個近代典型的地方匹遠過的旅行。像如今，他們幾個一般，於是別的旅客或船上的職員即被迫而調。

是期中到了一個新奇的世界。有幾條燈光大明的船，是所謂「不合理」的，職員在船上打罵叫殺，好似發佈命令的時候就配塞下等艙的容視酒店不平，認爲他們這些窮措大

猶太難民在上海　潮遷譯

八、

他們百分之六十的貨物，店主賣給在上海市場，本地的成衣匠和普通的商店都因這些新來者而獲利。中國侍者在難民開設的旅館，餐室，咖啡店中找到了工作，難民收容所向委員會領取的食料，甚至都有拿到上海市場去賣的。「Versatz—Amt」這一句德國語，上海的中國商人皆用在他們的廣告中，這是德國人典當舖的用語。第一批難民到達不久，幾家中國人與俄人的典當舖裏就學會了這歷一句。

這是以證明大多數的新來者都是無錢的，如果不是這兩個難民委員會有若光輝的工作在上海的話，他們的境況，幾乎都抱着絕望。

這兩個難民委員會，即歐洲難民委員會與國際難民委員會，都很著名的，如同那些愛國的公民創設的康摩「Komor」委員會一般，他們化費了很多時間在難民上。歐洲委員會也致力於醫院與大收容所的管理。康摩委員會盡力為難童籌募牛乳基金，同時建築了一個五十床至兩百床的小醫院。

護照事項的辦理，也完全操之於委員會，牠好像就是一個難民與各方當局中間的一個介紹人。

難民多沒有一定的護照，如果難民是一個德國人，該國的領事館就可以展延護照的有效期間。只要這持票人能證明他確實會出口到上海去。

至於那些非德國的公民，委員會就會發給一張租界當局所承認的卡片，可是那並不能十足的代表護照的。現在簡直沒有任何方面的當局會發給護照與那些喪失了公民資格的人。來上海的只帶若那一張一年有效的「Voyage Permits」，那是他們剛剛離開的國家所發給的。有些國家的領事館，如同法，意與瑞士，都

是在不能施恩展延那些臨時證件的有效期間，德國也同樣的不準許政府發給到那些難民的不倚賴德國的人的護照的展期。就作者所知，那些否認公民資格的人的領事館，由於住在上海的難民沒有護照的問題，還沒有得着具體的解決。所以要想到那暴得到一紙需要的證件是絕對沒有希望的。

白俄僑民，就護照一層而言，是比較處在更好的環境的。著名的「Nansen Office」聯合了國際聯盟會，發行「納孫護照」，那是得到了很多國家所承認的。

國際聯盟會及其他任何別的名人從沒有發行過護照給那些得不到一種旅行卡片給那些俄國難民。上海的法租界也發行過一種德國人，那些俄國難民，但是都遭受了拒絕，直到現在，仍然發給同樣的卡片給中歐的僑民。

這兩個委員會並沒有發行護照或通行證的地位，同時對於旅行者也不能賜給任何的允許。就有效的證件而言，他們所獲得後有的成功，就是上面所說的同樣的卡片的得到認可，還要算康摩委員會與租界當局所發行的有效。

關於財政方面，兩委員會都缺少他們所需要來維持這歐千難民的基金以致遠途那些資金得到上海來。員會所捐贈給他們的款項，都不足維持

猶太難民在上海

潮選譯

——續完——

九、

有幾個國家的政府，盡了解決這歐洲政治與宗教的難民問題，曾經提出過很多的方案。英國在幾個月以前，卽有商討開放不列顛基阿那的可能性之說，那是一塊英國在南美國中的熱帶殖民地。抱着滿懷熱忱的態度，收容了幾千難民的美國，也有安置難民到阿拉斯加之議。雖然許多不同的商討，都針對着在這意識上，但是却不曾有所實現的。

法國呢，一年前就很願意安澄幾千難民到馬達加斯加，那是個鄰近東非海岸她所有的大島，之後，由于法國政治的轉向，很顯明的，這種意見經受了政府的拒絕。

當時國家社會主義與意大利法西斯主義的政治迫害者的情況依然變得更換。幾年前南美及中美有建國家，都願意開放門戶，可是到了最近十八個月中，這種機會也就取消了。雖然難民往往已經旅行詞他洲的「新家」，而有時南美各國領事館所發給的護照會被註銷。那些祇有護照必接的許可的證明已將登陸的地方。發生這樣的情形，無法取得登陸的允許，使德國的汽輪船長不得不找尋新的收容難民的港口來安頓這些旅客。陽曆五月，有九百多德國難民乘坐德國定期郵船聖易號駛抵哈佛那那港口登陸，這九哩多人也都設法過想到那些發給照給他們的領事館的國家。

上個月行一個很有趣味的意見提了出來，就是把難民移殖到菲律賓的問題。勒梅是由於一位希來園（Hilaran）先生的演講，他是一位機械工業的博士，非律濱島上的著名領袖，在他的演講中，他坦白的說，非律濱的人口並不至足，甚至只估滿了明達那俄一年地方，明達那俄便是菲律濱南的一個小島。一星期後，他給大總統奎松君的信中也贊同安頓一萬難民到這似乎可笑得很，像多明哥這樣一個小國，尚且能夠吸收至十萬難民，而其他一些較大的國家卻反說不能。有一個建議，是提克斯羅伐克發表的。

關於難民的安置，多明利加民主國，實獻了一個解決難民問題的方案。這計劃的發表正當一九三八

在一九三九年五月底也發表了一個建議。據說她要完成這一個計劃，安頓十萬人到多來足加民主國的未開墾的農業區域。據多明哥是一個小國。刊登這建議的有關報紙，特別著重這一個與葡萄牙大小的鄰家，不幸得很，這是一個與葡萄牙形是多明利加共和國，可是葡萄牙却有着三四，四〇〇方哩。整個的島只有二九，二三六〇方哩的面積，而分割成了海地與裏多明哥兩個共和國，其中一三，六〇〇方哩。

此島的氣候雖絕是一塊相當的熱帶地方，但土地肥沃，溫駿而乾燥。如果他們願意從事農業的話，這共和國當局可以撥給他們，他們可以準備一塊自由耕地來安置他們的生產品；還以一個永久市場來銷售難民的生產品；並且在第一個階段割助他們的生活所需，及農具與指導之供給。可是這建議仍然在商討中而且不能立即安置這十萬人。雖然，她願意接收期望地迅速的實現。多明利加自然無法以一個建議，是提克斯羅伐克發表的。

《号角》《民意周刊》《华兴周刊》《都会半月刊》

失国民族黄连苦
沪上媒体齐声援

Shanghai Media Jointly Supported the Nation Suffering
from the Pain of Defeat

当年的上海人民在自身也处于危难境地时，仍然毫不犹豫地敞开大门迎接蜂拥而至的犹太难民。上海的媒体纷纷表达对犹太民族的同情和声援，全方位给这个流亡群体以援手，帮助他们活下去。

Shanghai people never hesitated to open the door to welcome the wave of Jewish refugees though they themselves were also trapped in danger and disaster. The presses in Shanghai expressed their sympathy and support for the Jewish people one after another. They made continuous effort to give the exiled group a hand by all means to help them live through.

早在20世纪初，以移民为主要构成的上海人，就对犹太人不陌生。侨居于上海的哈同和沙逊凭借他们经商的天赋，成为沪上首屈一指的富商，他们的发迹为当时的上海人津津乐道，颇具知名度。然而，真正引起上海人对犹太群体的关注，还是在二战初期，遭到各国排斥的犹太人大量涌入上海避难，上海的媒体纷纷表达对犹太民族的同情和声援开始的。

《号角》半月刊第34期，刊登一篇题为《走投无路的犹太人》的文章，文中说"我们的政府与人民对他们（犹太人）都以平等相待，一视同仁。然而在欧美各国却到处遭受鄙视与虐待了。"文中描述了德国对犹太人的迫害，认为希特勒所谓揭穿犹太人政治阴谋的舆论，实质上是"觊觎犹太人资产"。文中又一一列举意大利墨索里尼政府的5条排犹措施，明确表达了对德意两国的不齿。

《同情犹太人》是《自由谈》刊出的一篇文章，文章直抒胸臆，以"我们同情犹太人"开首，以"我们同情犹太人在这世界上的生存权利"结束，情绪强烈如一声高亢的呐喊。作者也认为是犹太人的财富让反犹者起了杀心，大声呼吁"惟有不给人欺负的决心，才没有人敢来欺负你。中国人已经了解了这句至理名言，更已有了行为来证明这伟大的力量"。

刊登于《民意周刊》的一篇《犹太人的榜样》一文，短短四百多字，富于警醒意味。与上述文章有所不同，作者分析希特勒政府对犹太人的迫害，基于政治和经济两方面原因，政治上是要借此保持德意志民族的斗争力，经济方面显然是要掠夺犹太人的财富。

走頭無路的猶太人

覺民

失了國家保護已二千年以上的猶太人，困苦顛連，勇敢奮鬥，他們的奮鬥精神是值得欽佩，他在種種壓制下，仍能百折不撓，自成社會。直至一九一六年，歐美幾個國家方以平等相待，猶太人也方得喘過一口氣來。那知也該是亡國的遊魂，一個是三天中佔去奧的希特勒，一個是在憧憧不安中生活着的墨沙里尼，便出了兩個「死對頭」，希特勒登台以後，猶太人的五十萬遭到都親與虐待了。這些，這些，都是亡國的滋味。

泊無定。居留在法西斯國家，隨時有被驅逐之虞。在中國，我們的政府與人民都以平等相待，「一視同仁」。然而在德的五十萬猶太人日在憧憧不安中生活着，殿辱、驅逐、限制伙食、侵害財產、搗毀商店住宅……

猶太人的前途，這些，都是亡國的滋味。

最近德當局並布告宣布：猶太人每星期祇得牛油一五〇格蘭姆，而猶太人卻可得二〇〇格蘭。這種苛政救人如何受得了呢？但事尤有甚於此者：本月十日德又發佈命令，禁止猶太人在猶太商店貨物掠奪一空，搗窗劈戶之聲，數小時中不絕於耳。此役猶太人所受損失在一千萬馬克以上。德人這樣宰割了以後，猶太人還有立足於世界的份兒麼？雖然，希特勒說「排猶」是揭穿「猶人的政治陰謀」，我們認為這多少含有「覬覦猶人資產」的企圖。

一、於告出日起，禁止猶太人留居義大利帝國，里及愛席羣島。於九月一日宣布。

二、此命令限父母均為猶太種族者，即使其不信仰猶教，亦認為猶太人。

三、自一九一九年一月一日起曾經政府准許入義大利國籍者，均作無效。

四、所有猶太人自一九一九年一月一日起，留居義大利者，須於六個月內出境。

五、此後猶太人應受下列之處置：在職之猶太人，無論於公共或私人機關，均免本職。在學者得繼續學業，惟仍以猶太人待遇，正欲登記入學者不必徒勞。

希特勒的老把兄柏林庫夫登達姆街一帶繁華鬧區域，敎堂敎徒數千所，下了一道停止侵犯猶太人財產的命令，提路透社的攝測，「此舉」以後，猶太人還有立足於世界的份兒麼？

各職，在學者得繼續學業，已占有相當地位者，亦作免職論。一切智識份子，如敎授等，誰叫你打得那麼重！我又不是真的鬼子！

最後一課 （獨幕劇）

君行·

人物：
　敎員
　視學員（日人）
　警察二人
　男女小學生若干人

前一課剛下來久，小學校的一敎室裏。幕啓時，東北某地，小學校剛下不久，後一課還沒有上。小學生們有的正在黑板上畫着，有的坐在各人自己座位上看書寫字，其餘的都正在舞台前方玩着「打鬼子」。

小牛：（從背後抓住做鬼子的小梅的衣領）呼—

小牛：（把小梅拖到中央）不錯，鬼子提到了！鬼子提到了！

大家：（圍攏來，拍手）哦，鬼子提到了！

小牛：（把小梅拖來，拍手）鬼子提到了！

小牛：把他打死！

小林：不，慢一點，先開問他再說。

小牛：（把小梅跪下）給我跪下去！你往那裏逃？

小梅：哎喲！你媽的小牛，怎麼打得這麼重！

大家：（爬起來）我不來了！

小牛：你不來了！不行！

小牛：你鬼子還沒有做完就不來？

小梅：誰叫你打得那麼重！我又不是真的鬼子！

《号角》半月刊第34期，《走投无路的犹太人》

大瘋子與小瘋子

從這一兩個月的報紙上，我們清楚地看到了歐洲有一個人從強暴變成瘋狂的過程。德意志的希德勒。他看準了英法人的『人性流露』——他們不願使一九一四年間始的那種大屠殺再在人世上表現，於是再接再厲，始而撕碎了凡爾賽和約，硬佔了捷克的領土，繼而忽視了一切人類的公理，為了覬覦猶太人的財產事業，而藉端把他們苦待虐殺；他為了利慾薰心，竟不顧任何的法律與人情，實施了強盜的行為，表現了瘋子的本能。

自由譚

希德勒當然不過是瘋子的領袖，還有一般秘待執行着他的意志，把這些產生過不少偉大人物的日耳曼國家，在他膝下的小瘋子，服從着他的領袖，執行着他的意志。

在一剎那間，變成了個禽獸的世界。正如這些小瘋子不過是代表希德勒的思想，希德勒便也十足象徵着法西斯蒂的精神。

遵法西斯蒂精神又像動物院失了火，各種的野獸便衝向人羣裏去咬害與嘶噬：在泰西，在遠東，無處不有他們的吠號與足跡。

擒狼的獵人與打虎的義士是已經蘇醒了：且看不遠的將來，也迭便是這嚴冬的季節，一個大規模的狩獵！

同情猶太人

我們同情猶太人。他們幾百千年來贓在侮辱與壓迫下過着堅苦的日子。他們喪失了家，喪失了國，到處做人家譏笑的對象。病得他們天賦有埋財的技巧，也可以說是他們有被環境所造成的一種生存本能；又好在這世界不乏勢利的狗眼，他們便靠了他們運籌握算攢得的金子銀子來買到一角樓身之地。

可是這金子銀子終於使狗眼看得爆出了火花與殺性。他們血汗的代價，反成了他們第一次被人驅逐時的狀態，他們又將閃復着他們第一次被人驅逐時的狀態，他們又將漂流天下；到有一天他們自身覺悟到金子銀子還不夠是生活的保障時，他們才會有更大的蘇醒。

唯有有了不給人欺侮的決心，才沒有人敢來欺

希德勒四面楚歌

再說歐洲的情形，德意志法西斯蒂的凶暴，正促成了各民主國家堅固的團結。他也是以弓彈的身份，却變成了箭靶的地位。四面楚歌的日子也已不遠。

弓彈與箭靶

『有了不給人欺侮的決心，他自會受到他應得的教訓。』即使有人不自力，他自會受到他後悔的教訓。

日本軍人現在便在受着這個教訓。且看這次華南之役，他們以帶病的身體，竟又來經受莫大的創傷。他們佔取了廣州，誰知他們以弓彈的身份，却變成了箭靶的身份，又變成了箭靶，四處受着威脅。現在我想正是典矢之的，四處受着威脅。現在我想正是他們後悔的時分了。

德意日軍事同盟

據莫斯科新聞社論，德意日軍事同盟正在討論中，且已作成草案。我說這不過是箭靶聚在一塊，將來一定會燃燒起來放個烽火把我們看看的。

要知（一）英國終久是一個強國，雖然為了張伯

《自由谈》:《同情犹太人》

第五十期　民意週刊　(11)

現在卻祗五萬兩，爲數囿極有限，此其二。可惜記者非此道中人，祗能作概括的計算，還是抱歉的事，然而有十分把握，建設青海祗有從這兩項工作開始，而且有百利而無一弊。

• • •

目前的問題，已並非青海一省一地的問題，而爲抗戰之整個的後方問題。我們正需要大量的金銀——青海並產銀，銅，硫礦等物。——同時毛織品的價格既迅速地增高，而羊毛的輸出又爲換取外匯的重要商品之一。

——目前運輸方法，在公路未通以前，我主張用青海的毛牛，公路已通以後，則用陝甘一帶的改良大車或用新疆式的「香車」（譯音），況且將大量的羊羣用游牧方式牧放至貴州，雲南，廣西一帶，羊毛的輸出，卻並不因交通而受較以前更多的困難。（從前係由黃河運出，至包頭上火車運天津，時間常在兩個月左右，後來改用郵包，用汽車裝載，商人之挣錢也仍舊。）現在我們的目的在換取外匯，即賠本，國家亦可照舊經營（我以爲目前青海的羊毛已失去銷路，國家應即設法，予以運輸的便利，使能源源輸出。）即使我們一時顧不及於羊毛的計劃，手續簡單，利益無窮的採金工作，實沒有擱置不管的權利。我甚願主管機關，拿出決心來，第一步迅速派人前往調查——某委員會原已調查一過，如認爲無調查必要，即可省去此項手續，第二步計劃開採方法，並派員接洽布置，建設青海，亦所以增加抗戰資源。

本文寫到這裏，恰好看到十一月七日的報紙，國民參政會第二次大會第十次會議，關於開發西北有兩個提案：一請速籌設西北經濟建設機關，發展西北利源，以增強抗戰建國力量案。經決議：本案請政府迅速設置西北經濟建設委員會，謀西北發展之整個促進，其餘各點，送政府參酌進行；二、擬請經濟部在青海省會西寧設發電廠案，決議通過。（甘青之間的民和縣有大通河流經其間，經某山峽激成動力極大的瀑布，據目擊者說，成團大的松木，一經流入瀑布，可折爲數段，此項水力自然相當大，如能利用其水力建設電廠，甘青兩省工廠電力的供給，可大半不愁有問題。）可見要開發西北並非一人之言，可是開發西北一事，民國十年前後，已經有人注意，而且組織團體，發爲言論了，然而幾乎二十年中間，除了造了一條西蘭公路，設幾個衛生處，畜牧場，和在寧夏築一條雲亭渠之外，成績很少。現在我們應將甘青寧新這一片曠土，從速建設起來，建設青海不過是建設西北的開端而已。

猶太人的榜樣

臥薪

德國自國社黨登台之後，猶太人便遭了厄運。國社黨的壓迫猶太人的「偉大」行動，實有政治的和經濟的兩方面意義。在政治方面說，是時時刻刻敎德意志人民鬥爭；在經濟方面說，是要奪取猶太人在德國的經濟利益。最近德國政府的壓迫猶太人，美國總統大呼「實不信在此二十世紀文明中竟有此事發生，」其慘痛可想！

猶太人是極有能力的一種民族，在經濟界科學界均有很大成就。然其所以遭人摧殘壓迫者，實以無國家之故。中國一般有錢人，滿以爲國家亡後，也可效猶太人所爲，逍遙異域，不知看了無國土的猶太人的遭遇，能清醒一二否？

摸索着小路，「老鄉」的呼聲在腦中迴轉着，沒有疲倦，沒有困苦，也忘了飢渴，一百二十里的行程在脚下滑過去。

曙光正在上升，到達了目的地，工兵立即開始活動，在公路上裝置地雷，黃土下隱藏着觸發引信的鐵板。×營長指揮隊伍，佔領幾個埋伏的陣地，哨兵在高岡的樹頂上，瞭望着公路的二端。

大約是十點鐘模樣。

北端傳來了汽車聲，東北高岡上伏着的弟兄已發見先頭的車輛，緊張的情緒窒息着呼吸，滿載軍需品的卡車緊接着，新的黃土引起了猜疑，車子慢下來了，先頭的安全過去了，接着的就加快速度。

轟！頭足飛上天空，碎片下着雨，車子傾倒在路側，彭！……手溜彈從四周擲過去，殺聲像浪濤般的捲向公路。格格……，機關槍在北面的高岡上搗着歸路，汽車在公路上慌亂地盲撞着，像禁閉着的野鼠。

血染着黃土，威武的「皇軍」狼藉在路上，偶而傳來那怨恨的哼聲，弟兄們迅速的檢拾戰利品，鋼盔，機關鎗，步鎗，左輪……以及從中國民衆那裏搶來的法幣，金戒……，又重回到了我們黃帝子孫的手裏。

「老鄉！我帶着鐵絲，狗鬼子的耳朵穿起來！」那嚮導也不願錯過這復仇的機會，但是，給營長阻止了。

守望哨發見了南面的飛塵，敵人援軍騎兵的蹄聲已隱約聽得到，×營長下令沿着左側的小路撤退，懷着興奮的情緒勝利地走上歸途。

一日夜的疲勞使人們在昏暗中顛躓着，雜亂的槍聲顯出愉快輕鬆的勝利的驕傲，紅色的火點密攏地在黑夜裏搖擺着，像迴縱的流星和夏夜的飛螢：

「丟那媽！老子也吸吸你天皇的『御賜』煙！」

《民意周刊》：《犹太人的榜样》

作者警告某些富裕的中国人，以为无国土不要紧，可以携财富像犹太人一样全世界逍遥，这样的想法多么可悲。以犹太民族在科学、经济上取得的举世瞩目的成就，实力不可谓不强，然而却没有抗击压迫的力量，因为他们没有国家。犹太人的惨痛现实，正在证明失去国家的民族没有未来。

上海沦陷一周年之际，沪上的知识分子也展开了反思，署名为伯虬的《想起"犹太复国运动"》一文，透过犹太人的遭遇，分析当时各国对待犹太人的态度，坚决而鲜明地表达了对犹太民族的同情以及对中国民族危亡的忧心。作者说自己的感想第一是亡国民族的悲哀，第二是复国运动的困难，第三是邻国援助不可恃。这篇文章笼罩着沉重与愤慨之情，作者振臂疾呼"战局已到紧要关头"，沦陷在上海孤岛的居民要警惕要奋发。

很多来到上海的犹太难民，是在吃了多个国家的闭门羹后流落至此，多数人身无分文，有些人直接被净身出户。一向好客的中国人，无论贵贱，不分贫富，来的都是客，因此，当年的上海人民在自身处于危难境地时，仍毫不犹豫地敞开大门迎接犹太难民，没有把这些异乡人视为来和自己争夺有限资源的对手，而是敏感地发现他们的窘境，众多媒体连续不断地发声，对犹太人在上海的生活状况予以大量的关注，发起大大小小无数次的募捐义演。为犹太难民募捐的消息时时见诸于报刊，以实际行动帮助他们活下去，给这个民族以救援。《华兴周刊》"救济犹太难民"一文，报道了法国、英国、荷兰等国犹太难民的人数和经济状况，对于避难的犹太人仅靠私人的援助能够维持多久表示了担心，希望各国当局能够考虑

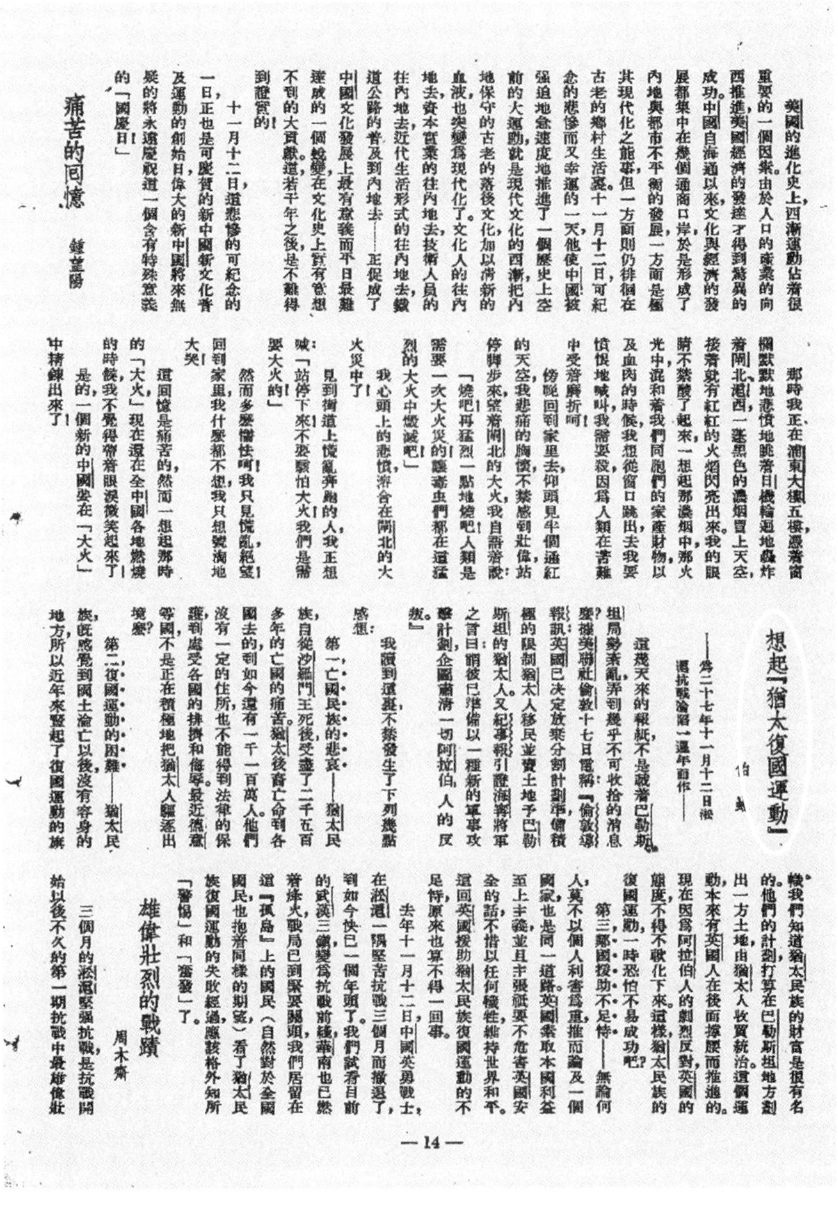

英國的進化史上，西漸運動佔着很重要的一個因素。由於人口的蕃殖的向西推進，美國經濟的發達，才得到驚異的成功。中國自海通以來，文化與經濟的發展都集中在幾個通商口岸，於是形成了內地與都市不平衡的發展，一方面是極其現代化之能事，但一方面則仍徘徊在古老的鄉村生活裏。十一月十二日，可紀念的悲慘而又幸運的一天，他使中國被強迫地急速度地推進了一個歷史上空前的大運動，就是現代文化的西漸，把內地保守的古老的落後文化，加以清新的血液，也突變為現代化了。文化人的往內地去，資本實業的往內地去，技術人員的往內地去，近代生活形式的往內地去，鐵道公路的普及到內地去——正促成了中國文化發展上最有意義而平日最難達成的一個蛻變，在文化史上實有意想不到的大貢獻。這若干年之後，是不難得到證實的！

十一月十二日，這悲慘的可紀念的一日，正也是可慶賀的新中國新文化普及運動的創始日，偉大的新中國將來無疑的將永遠慶祝這一個含有特殊意義的「國慶日」！

痛苦的回憶

鍾望陽

那時我正在浦東大樓五樓，憑着窗欄默默地悲憤地眺着日機輪迴地轟炸着閘北、滬西，一蓬黑色的濃烟冒上天空，接着就有紅紅的火焰閃亮出來。我的眼睛不禁酸了起來，一想起那濃烟中，那火光中，混和着我們同胞們的家產財物，以及血肉的時候，我想從窗口跳出去，我要憤恨地喊叫，我需要殺，因為人類在苦難中受着磨折呵！

傍晚回到家裏去，仰頭見半個通紅的天空，我悲痛的胸懷，不禁感到壯偉，站停腳步來，望着閘北的大火，我自語着說：

「燒吧！再猛烈一點地燒吧！人類是需要一次大火災的，讓毒虫們都在這猛烈的大火中燬滅吧！」

我心頭上的悲憤，溶合在閘北的大火災中了！

見到街道上慌亂奔跑的人，我正想喊：「站停下來！不要驚怕大火！我們是需要大火的！」

然而多麼憔悴呵！我只見慌亂，絕望！回到家裏，我什麼都不想，我只想號淘地大哭！

這回憶是痛苦的，然而一想起那時的「大火」，現在還在全中國各地燃燒的時候，我不覺得帶着眼淚微笑起來了！

是的，一個新的中國要在「大火」中精鍊出來了！

想起「猶太復國運動」

怡 [illegible]

——為二十七年十一月十二日淞滬抗戰淪陷一週年而作——

這幾天來的報紙，不是載着巴勒斯坦局勢紊亂，弄到幾乎不可收拾的消息麼？據美聯社倫敦十七日電稱：『倫敦導報訊：英國已決定放棄分割計劃，準備積極的限制猶太人移民並賣土地予巴勒斯坦的猶太人。又紀事報引證海寧將軍之言曰：謂彼已準備以一種新的軍事攻擊計劃，企圖肅清一切阿拉伯人的反叛。』

我讀到這裏，不禁發生了下列幾點感想：

第一，亡國民族的悲哀——猶太民族，自從沙羅門王死後，受盡了二千五百多年的亡國的痛苦。猶太後裔亡命到各國去的，到如今還有一千一百萬人。他們沒有一定的住所，也不能得到法律的保護，到處受各國的排擠和侮辱。最近德意等國，不是正在積極地把猶太人驅逐出境麼？

第二，復國運動的困難——猶太民族，既感覺到國土淪亡以後，沒有容身的地方，所以近年來豎起了復國運動的旗幟。我們知道猶太民族的財富是很有名的。他們的計劃，打算在巴勒斯坦地方劃出一方土地，由猶太人收買統治。這個運動，本來有英國人在後面撐腰而推進的。現在因為阿拉伯人的劇烈反對，英國的態度，不得不軟化下來。這樣，猶太民族的復國運動，一時恐怕不易成功吧？

第三，鄰國援助不足恃——無論何人，莫不以個人利害為重，推而論及一個國家，也是同一道路。英國爭取本國利益至上主義，並且主張祇要不危害英國安全的話，不惜以任何犧牲，維持世界和平。這回英國援助猶太民族復國運動的不足恃，原來也算不得一回事。

去年十一月十二日，中國英勇戰士，在淞滬一隅堅苦抗戰三個月而撤退了，到如今快已一個年頭了。我們試看目前的武漢三鎮，變為抗戰前線，華南也已燃着烽火，戰局已到緊要關頭，我們居留在這『孤島』上的國民（自然對於全國國民，也抱着同樣的期望，）看了猶太民族復國運動的失敗經過，應該格外知所「警惕」和「奮發」了。

雄偉壯烈的戰蹟

周木齋

三個月的淞滬堅強抗戰，是抗戰開始以後不久的第一期抗戰中最雄偉壯

— 14 —

《想起“犹太复国运动”》

奥華週刊　(34)

辦理教育施濟弱等公益事宜至該
委員會組織法及興辦方針業由
彭部禮俗司擬定呈請行政院鑒

核一俟批准卽行令飭各地着手

籌備從速成立云

◉

◉

◉

□ 救濟猶太難民

救濟德國避難猶太人問題漸成重大國際事件估計猶太人
逃離德國者共有八萬名其中赴法者約二萬五千名赴英者二千
七百名赴荷蘭者五千名赴波蘭者四千名赴巴力斯坦丁者五千
名數國之特別委員會現正贊助為猶太工程師與醫士在南美等
處謀出路之行勳英倫英籍猶太人巳向內務部擔保避難至英之
猶太人不受公家給養惟此擔保究能維持若干時已成數方面竊
竊私議之問題矣照章凡外人寓英已滿十二月者得請公家援助
但衆覺維持無限避難猶太人之生活問題實非私家能力所能及
也昨日沃姆斯壁戈爾氏在日內瓦切實聲明今日巴力斯坦猶太
人與阿剌伯人之關係日漸進步不宜為過度猶太人之移殖而援
勳云荷蘭所提出國聯應撥相當之款透澈研究德國避難猶太人
之經濟財政司法地位已經通過由本屆國聯大會討論之一般人
士漸覺國聯今當嚴重注意該問題

上海要訊

□ 市府新屋落成

上海市中心區市政府新屋
業已竣工定雙十節上午十時舉
行落成興禮市政府於明年元旦
遷入

市政府居市中心區之中位
於府東內路與府西內路之間全
部工程及室內裝修均已完全市
府建築模型為一古式宮殿下層
闢門四環形之梯梁可循循直升
二層左右兩石級之間環垂如匹
練中鑲市花及市政府三字環洞

《华兴周刊》:《救济犹太难民》

给他们"国家给养",请求设在日内瓦的国联当局要严重注意这个问题。

　　而发表在《都会半月刊》上的一篇《犹太人滚滚而来,上海人感觉如何》的文章意味深长。面对短时期内突然涌入的犹太人,资源本已捉襟见肘的上海人,真实的感受是什么?这篇文章不见对当时市民的采访,未通过市民的嘴表达感受,也没有直接抒写大众心态,倒是写了两个在上海发迹的犹太富商哈同与沙逊,重点叙述沙逊捐出巨款,为抵沪难民同胞解决衣食居,沙逊还想办法从印度订购大量棉布,帮助犹太人度过寒冷的冬季。对沙逊举动的表彰,实际上间接地反映了当时上海人对犹太难民的态度,决无排斥,惟有同情与援助。

　　在浏览当年上海媒体有关犹太难民的报道时,我一再惊讶于上海知识界对犹太人生存状况的了解程度。那并不是一个像今天这样通讯便捷的时代,甚至上海一度陷于孤境,众多作者是怎样捕捉到如此丰富的信息?如在《走投无路的犹太人》中提到德国当局宣布,犹太人每周只得牛油150克,而德国人可以得到200克。大洋彼岸的信息,究竟通过什么样的途径,迅速地被在上海的作者捕捉到?那一代知识分子思考的广度与深度也一再令我心生敬意,虽然,有些作者的思考有一定的局限,但不乏尖锐的声音"殴辱、驱逐、限制饮食、侵害财产、捣毁商店住宅……这些,这些都是亡国的滋味!"何等深重的感悟呵!

　　　　　　　　　　　　　　　　　　　　　　　　　(黄媛执笔)

都會半月刊

蛇感的小動作

二九年理想的流線型女性

微妙

三九年是非常年。三九年的理想型的女性，該是一個蘊藏著從堅韌民族性的德意志轉向好夢境之轉悅的女性，懂得苦甜劑性感的臉波……

一下，誰該是三九年理想的流線型女性，不能不使是承秉着崇寶愛型的血系。

★猶太人滾滾而來★上海人感覺如何★

知了

猶太人向以搜括著名於世，精於斂財，其經濟亦爲之操縱，區區兩名猶人，已能執掌土地產之牛斗。猶太人之僑遷者，自滿洲、華以迄於今，原不在少數。獪太人之僑遷者……

上海萬頭店的兼職女傭

曲郎

是由於鄉間的貧血，鵶頭店裏每天都坐滿了，直餵到夕陽西下……

《都会半月刊》：《犹太人滚滚而来，上海人感觉如何》

纪念品留下战争回忆
火柴盒记载日军野心

The Souvenirs Keep the War Memories while the Matchboxes Record the Ambitions of the Japanese Invaders

从小火柴盒上面的图画可以看到日军战争宣传的具体内容。其中有的画了一架日本战机飞在美国国旗之上，旁边还写着"必胜"二字。有的画了一颗来自日本的炸弹落在美国本土，还有的画了美国总统正在救生筏上，衣衫褴褛等待救援……

　　Through the pictures on the small matchboxes we can see the detailed information of the propaganda for war of the Japanese military. Some pictures showed a Japanese fighter flying above the American national flag next to which reads the word "victory". Some indicated that a bomb fell on the United States from Japan, others the American president standing on a lifeboat, ragged and waiting for rescue…

　　70年前的1945年,拉尔夫·哈普德(Ralph Harpuder)很庆幸,自己再也看不到张贴在隔都内警告犹太人不要离开自己"指定区域"的警示牌,也看不见任何日军的战争宣传海报,或是日本商品的广告了。

　　作为二战时曾经在上海避难的犹太人,哈普德如今还保留着一些小纪念品,时不时会想起那段难忘的苦难岁月。

　　在战争年代日本人把战争宣传的内容放在火柴盒上在隔都内散发,火柴在当时是必不可少的生活物资,哈普德的父母时常用它来点燃煤炭,烧起炉子给他们取暖。

　　小火柴盒上面的图画里可以看到日军战争宣传的具体内容。其中有的画了一架日本战机飞在美国国旗之上,旁边写着"必胜"二字。有的画了一颗来自日本的炸弹落在美国本土,还有的画了美国总统罗斯福正在救生筏上,衣衫褴褛等待救援……这些火柴

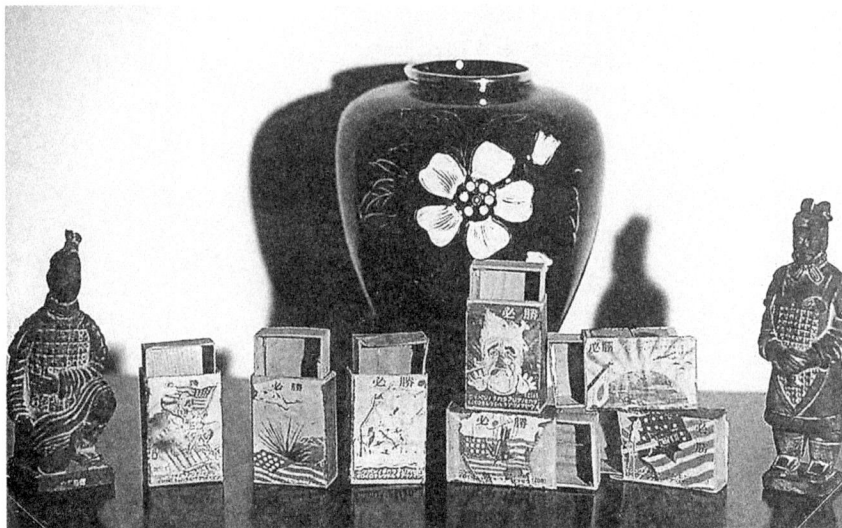

哈普德如今还保留一些小纪念品,时不时会想起那段难忘的苦难岁月

这些火柴盒封面都是日本对战争的宣传广告

盒封面都是日本对战争的宣传广告。

　　但事与愿违,这些火柴盒并没有起到多大的宣传作用,反倒成了犹太小难民的玩具。当时还只是孩子的哈普德和小伙伴收集火柴盒并相互交换,成为他童年美好的回忆之一。

　　哈普德家在40年代早期搬到一个比较体面的新公寓之后,生活变得还不错,只是他在英国学校的好朋友们都不见了——1943年日本对英国宣战后,扣留了所有"敌国公民",并把他们全部送进了一江之隔的浦东俘虏营中。日苏较晚宣战,所以俄籍犹太人一时没有受到多大牵连。

哈普德的母亲伊冯娜 (Yvonne) 1949年穿着中式长袍在他们从上海带回的小柜子前拍照

1949年时，哈普德的母亲伊冯娜 (Yvonne) 穿着中式长袍在他们从上海带回的小柜子前拍照，寄托了她对上海深深的感情。

哈普德的生父在当年流亡上海时，由于营养不良致病而死，其好友维克多·施塔默 (Victor Stummer) 成为哈普德的继父，继续照顾他们一家。这个柜子就是他的继父给他已故母亲的一件礼物。

(李惟玮根据拉尔夫·哈普德 (Ralph Harpuder) 的回忆整理)

犹太孩子忆童年
香烟壳子难忘怀

The Unforgettable Cigarette Pack in the Childhood of Jewish Children

一名70年前在上海生活过的犹太人,他的青年时代是在虹口度过的,那个年代,香烟的空包装创造了一种新的流行、新的娱乐。

A Jew lived in Shanghai seventy years ago and spent his youth in Hongkou District. At that time, the empty packs of cigarette created a new trend and new kind of entertainment.

我，拉尔夫·哈普德，一名70年前在上海生活过的犹太人。我
的青年时代是在上海虹口度过的。那个年代，香烟的空包装创造
了一种新的流行、新的娱乐。

中国社会从18世纪开始对世界开放，到了19世纪中期，上海
的生活方式已经十分西化，并成为世界上最有魅力的大都市之一。
舞厅和夜总会有大量外国人，他们对雪茄、香烟等物品的需求与日
俱增。

在那个年代，许多香烟在本地就可以买到。如图1所示的这些
品牌，在虹口最为常见。如果从国外到上海，那么只有20支香烟或
者半磅烟丝是免税的。

图2所示的是一种名叫"Capital A"的香烟广告，在1940年3
月31日的《上海犹太早报》上刊登了这则广告。

那时候有几百种烟草品牌。当时最大的烟草公司，如英美烟
草公司 (British and American Tobacco) 甚至雇用了他们自己的设
计师来设计西方文化浓郁的香烟外壳。"美丽牌"香烟可以说是老
上海的共同记忆，在图3中的"美丽牌"烟标上有日本女人穿着西
式服装的样子。当日军占领上海后，日本女人的头像就更频繁地
出现在了各种包装盒上。

那些在上海隔都长大的犹太孩子们回忆起那段时间，都会记
起那些种类繁多的香烟品牌。他们还能记起自己收集的各类空
的香烟壳子，然后把他们整齐排列。这些香烟壳子对于童年的孩
子们是至高无上的"珍品"，孩子们用它们互相交易，并自己设计
了一款名叫"packs"的游戏。香烟盒是童年买不起玩具的孩子

图1　图中这些香烟壳都是由后来移居到美国的一个"前上海小囡"提供的

图2

图3

图 4

图 5

们的很好替代品。

从1945年11月开始，联合国难民署每月给上海的犹太难民运送一次补给品。在其中的一些包裹里发现了小包装的香烟。如图4所示，它们被发现时已经在黑市中流通了几个月。

有人是从驻扎在上海的美军手中获得香烟盒的。美国的水手和军官们常送给孩子们一些香烟，让他们带给他们的父母。这些香烟盒也常常在黑市中用来交换食物。图5所示是一个典型的"Chesterfield"牌香烟烟标。美国水兵和军官的船舶停靠上海时，他们也经常把香烟卖给孩子们和他们的父母。

(李惟玮根据拉尔夫·哈普德回忆整理)

黄包车网站

隔都的文具
你可还记得

Do You Still Remember the Stationery in the Ghetto

"如今,当我走过一个文具店,看到那些现代文具的时候,总会回忆起我小时候在上海,一个文具就能被视为珍宝的日子。"苦难岁月里的一丝温馨,小小的文具温暖着70年前隔都里的犹太难童,不少当年的犹太同学,还珍藏着那些彼此交换的文具。

"Now every time I pass a stationer's and see the modern stationery, I will always recall those days in Shanghai when I was a child regarding stationery as treasure." The little pieces of stationery, as a source of gratification in the times of pain, brought warmth to the Jewish children in the ghetto 70 years ago. Some of them still exchange their prized stationery.

在黄包车网站上,你可以看到70年前的学生文具。

"如果你参加过犹太人的上海聚会,读过上海隔都的书,浏览过黄包车网站,肯定能看到难民学生们在操场、教室里的一些照片。然而你们大多数人可能都没有看到过我们学生时代用来写作业的作业本。"

一位原犹太难民自豪地在黄包车网站上发帖。

"当我们在嘉道理学校、Freysinger学校、Seymour Road学校的时候,都有专用的笔记本作为作业本。这种笔记本可不像我们现在的笔记本电脑,那是种小本子,很'脆弱',封面的颗粒感很强。"

于是,我们看到了犹太难民网友发的图。细读这些老的笔记本,可以联想很多。

图1所示是笔记本的封面,上面有5位数的电话号码,1939年以后上海开始推广5位号码;图2是笔记本的背面,有着特别的周历记法:月为星期一、火为星期二、水为星期三、木为星期四、金为星期五、土为星期六(月曜日—星期一、火曜日—星期二、水曜日—星期三、木曜日—星期四、金曜日—星期五、土曜日—星期六、日曜日—星期日的简称)。

图3和图4是另外两本笔记本,有一本写字本,用的是汉砖雕像和古钱币的纹饰。图5是一种笔记本的背面,英语花体字的范本,这范本一直用到20世纪60年代。

"我依然清晰地记得我的父亲为了给我买学校所需要的文具,特地跑去舟山路32号的'Union'和'Universal Store'店来采购这些文具。"

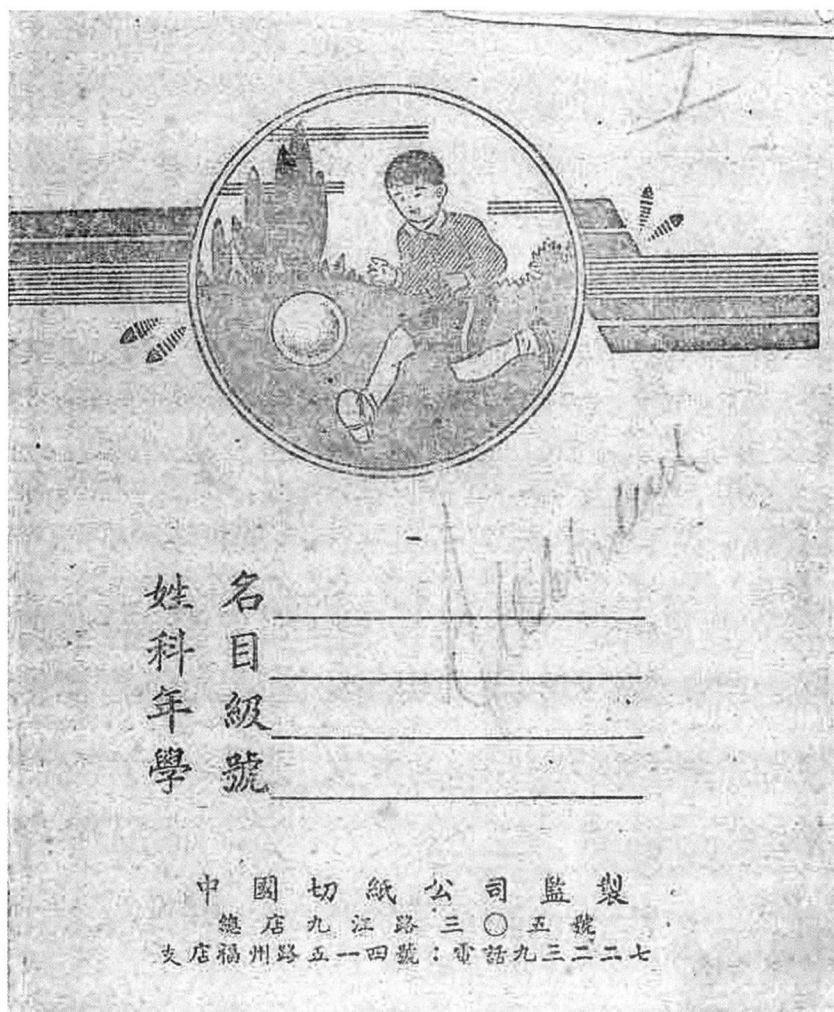

图1　笔记本封面

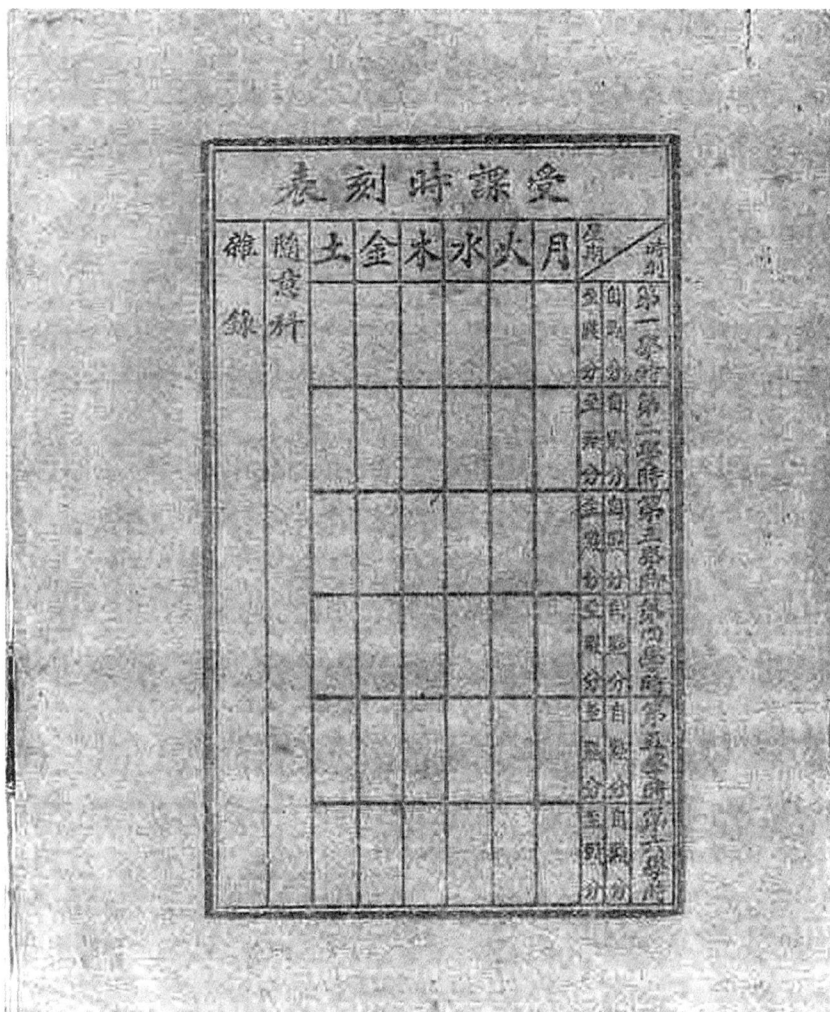

图2　笔记本封底

图 3　笔记本封面

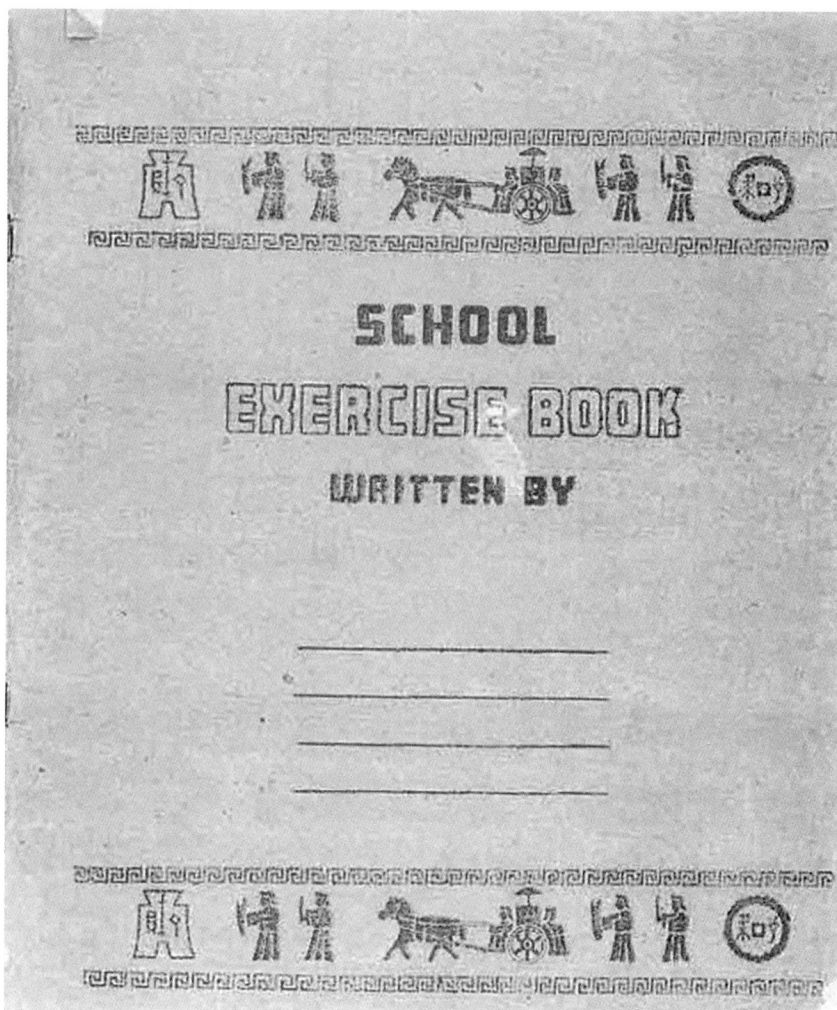

图4　笔记本封面

"如今,当我走过一个文具店,看到那些现代文具的时候,总会回忆起我小时候在上海,一个文具就能被视为珍宝的日子。"

苦难岁月里的一丝温馨,小小文具温暖着70年前隔都里的犹太难童。不少当年的犹太同学,还交换着珍藏的文具。

(李惟玮执笔)

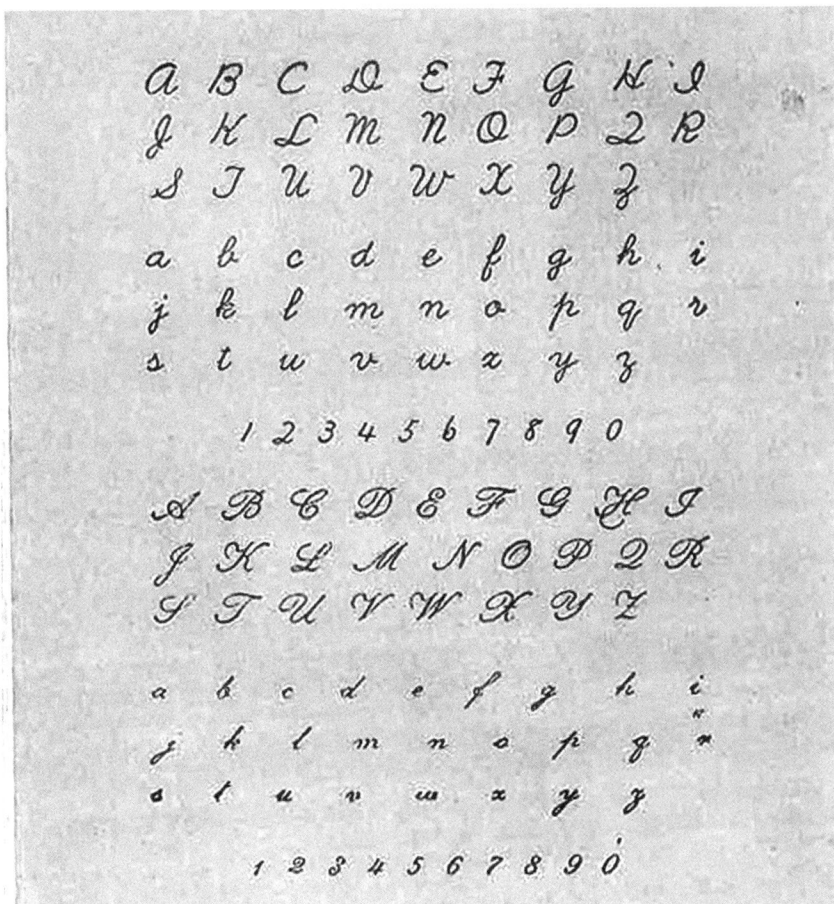

图5　笔记本封底的花体字

聚居区群星闪耀
音乐会抚平伤痕

Star-studded Concert Soothed the Broken Hearts

战火阴云中的上海，艺术家们仍然以精湛的演技让人们暂时忘却困难，获得拯救的力量。20世纪三四十年代的上海虹口，一群犹太艺术家，像世界各地优秀的演艺人士一样，以自己的才能，抚慰落难中的异乡人。

When Shanghai was covered in the dark clouds of the battle, artists helped the people forget the troubles temporarily with their superb acting and acquire the power of redemption. In 1930s and 1940s in Hongkou District, Shanghai, a group of Jewish artists comforted the aliens in trouble with their own talent like other excellent performers all over the world.

　　《虎口脱险》是我最喜欢的喜剧片，它整个儿颠覆了我对战
时人们状态的认识。曾经以为困苦、焦虑、恐惧、悲伤才是战火
阴影笼罩下人生的全部写照，而这部影片却展示了危急时刻的
巴黎，木偶剧照样在为孩子们演出，豪华的剧院里，交响乐依旧
正常奏响。人们克服重重阻碍汇聚于剧院，津津有味地欣赏，舞
台上演员，一丝不苟地表演。这部电影让我深深为法国人的坚
强乐观所倾倒，感受到了艺术的力量。和平时期艺术滋养人的
心灵，战乱时期艺术抚慰人的心灵、赋予人们生存的勇气。

德利拉 (Delila) 在 Carlyceum 剧院演出

美犹联合会和犹太福利委员会举办了不少戏剧演出

战火阴云中的上海,艺术家们同样以精湛的演技让人们暂时忘却困难,获得拯救的力量。现在,让我们把视野缩小,聚焦于20世纪三四十年代的上海虹口。在那里,一群犹太艺术家,像世界各地优秀的演艺人士一样,以自己卓越的才能,抚慰着落难中的异乡人。

德国柏林歌剧院第一小提琴手威滕伯格(又称卫登堡)(Wittenberg)于1939年2月逃亡到上海,把他醉人的琴声带到了中国。犹太作曲家奥托·约阿希姆(Otto Joachim)和他的弟弟、科隆室内乐首席大提琴手瓦尔特·约阿希姆(Walter Joachim),也是在1939年来到上海避难。他们在上海开了一个琴行,组织了一支小乐队,并经常在霞飞路(现在的淮海路)上的DDS咖啡馆

1939年艺术家Monica Herenfeld在百老汇剧
院首次演出

美丽的女演员Jenny Rausnitz

表演。威滕伯格和约阿希姆兄弟几乎是身无分文来到上海。为
了生存,他俩在上海教了许多学生,将世界优秀的音乐传授给了
中国学生,这些学生后来诞生了不少音乐家,如曾经担任上海音
乐学院副院长的谭抒真教授、著名大提琴家司徒志文等。

当年那些耀若星辰的犹太艺术家的事迹今天我们已经无
法一一获取,有些只能从旧日的一份海报、一页节目单、一张票
根、一小段报刊的新闻,去捕捉他们的风采。莫妮卡(Monica

Herenfeld）被一位名为拉尔夫·哈普德（Ralph Harpuderdel）作者冠以伟大的表演艺术家之誉，非常幸运的是这位艺术家的照片被保存了下来，使我们得以看到她的美丽。她的妆容与同时期好莱坞女演员们相若，有着波浪短发，细腻的肌肤、弯弯的眉毛，微笑高贵优雅。Ralph Harpuderdel 没有描述莫妮卡的表演，只含糊记录了一句她"在1939年的百老汇剧院首次登台献艺。"我们只有在想象中拼凑出这位女演员的舞台风姿了。莉丽（Lili Flohr）和露丝（Rose Albach-Gerstel）被称作歌唱家，她们的名字出现在两部歌剧 *DprineundZufall* 和 *DerOrlow* 的主角一栏。毫无疑问，她们所主演的歌剧一定不止于这两部。随着她们美妙的歌声一次次响起，那些流离失所的犹太难民们一扫满脸愁容，心灵的斑斑伤痕在音乐中渐渐平复。

让上海犹太难民记忆深刻的还有两位喜剧演员赫伯特（Herbert Zernik）和格哈德（Gerhard Gottschalk），他们的演出极其受欢迎，是当时街头巷尾热议的话题。格哈德拥有一张天生喜剧演员的面孔，他往台上一站立即产生"笑果"。在我端详当年他的演出照片时，依然能够真切感受到那穿越时空而来的喜感，一副瘦瘦的身材以至于显得脑袋偏大，表情故意端着的严肃，一副我不笑你非笑不可的神情。他在华德路医院的一次表演见诸报刊的记载"他假装在进行一场足球赛，扮演赛场上的一个守门员，戴着守门员手套和一顶很高的帽子，当对方球队想要攻破他把守的球门时，他从球门上拉下窗帘遮住球门，用这种搞笑的方式来阻止对方获得进球。"

„Delila"

Mit ihrer biblischen Namensheldin hat
die Molnarische nur das Eine gemeinsam:
Sie weiss, wo die Kraft ihres "Simson"
sitzt, und sie weiss erst recht, sie ihm zu
nehmen.

●

"Es ist schon vorgekommen, dass jemand
den eigenen Braeutigam geheiratet hat.

●

Marianne: "Lassen Sie es nicht zum Aeus-
sersten kommen, verlassen Sie sich lieber
auf mich (fast in Traenen) und jetzt
Schluss mit dieser ganzen Geschichte. Was
haben Sie vorhin gefragt? Was wir zum
Mittagessen haben? . . . Linsen mit
Bratwuerstel" . . . .

URSULA PERLHOEFTER

GERHARD GOTTSCHALK　RICHARD STEIN

第一部难民创作的戏剧——德利拉

戈特沙尔克 (Gottschalk) 在酒吧做
演出准备

戈特沙尔克给华德路医院的病人们表演

喜剧演员戈特沙尔克表演十分有趣

　　翻阅当年在上海的犹太艺术家事迹，忍不住感叹犹太人真是一个特别热爱艺术的民族，"他们在流亡中也不让自己丰富的文化遗产丢失"。他们聚居的虹口提篮桥一带，曾经一度相当繁荣，有"小维也纳"之称。而这个称呼传递出这样的信息，繁荣的不仅仅是商业，还有艺术。他们办起了各种语言的报刊、广播电台，成立文学社团，开展体育运动，在剧院、酒吧、露天花园以及难民收容所里表演，有正式隆重的表演，有家庭聚会式表演，也有随时随地的即兴表演。不管条件多么简陋，也许是某处院落、某个空地、某个宽敞的地方，当他们空闲下来的时候，便有人开始唱歌、跳舞、演戏，而总会有大量的观众，或站或坐，兴致勃勃地观看，时不时为表演者送上掌声。即使难民收容所、医院也从不乏艺术家的光临。犹太人自发成立的各类团体，经常在这些地方组织慈善性质的演出。那个乌云压顶的时刻，话剧、歌剧、喜剧、舞蹈、音乐会等等，如一剂疗伤良药，如一朵希望的火苗，让黑暗中的人们看到未来。

（黄媛根据黄包车网站内容整理）

护照承载逃亡岁月
七十年后失而复得

Passport Recording the Exile Days Regained after
70 Years

一张犹太难民护照，70年前遗失，70年后在上海找到。失而复得的护照承载着主人逃亡上海漫长旅途中所经历的辛酸血泪。他们颠沛流离，失去了家人，承受了难民生活所带来的苦难。

　　A passport of one Jewish refugee, which was lost 70 years ago, was recovered in Shanghai. The regained passport records the owner's misery and suffering along the journey of seeking refuge in Shanghai. The refugees wandered about in a desperate plight, lost their family members and suffered from the pain of life.

彼得·纳什 (Peter Nash) 花了20多年时间研究家族史，并帮助很多逃亡上海的人寻找自己的家庭。他做讲座，并在中国犹太人网站上撰稿。他讲述了一个他在70年前遗失的德国护照怎么失而复得的故事。

彼得·纳什手捧母亲失而复得的护照

那天，彼得的邮箱里来了一封特别信件，标题是"在上海遗失的护照"——对于这个话题彼得很熟悉，因为多年来他一直在找两本德国护照的主人。

然而，这次注名为"英格博格·纳肯施泰因"的附件让彼得分外惊喜。这不是母亲的名字吗！这是护照扫描件的一部分，有名

母亲英格博格·纳肯施泰因的护照

字英格博格·萨拉·纳肯施泰因、出生日期和出生地。护照上还显示护照主人有一个孩子，旁边写着孩子的出生日期和名字：彼得。"这不就是我嘛！"

　　黄包车网站曾刊登过一篇文章：两本德国护照出现在上海"跳蚤市场"。从那个时候开始，彼得就一直在帮助寻找护照的主人，没想到自己遗失的护照竟找上门来了。

　　邮件的发件人是托马斯·多恩 (Thomas Dorne)，一个德国公民，他在上海居住工作多年。业余时间，他喜欢在上海闲逛，寻找历史画报和近几十年中国演变过程中的古董。那个周末，他来到一家店门口，这家店同时也是一个中国宣传画报的博物馆。

　　得知托马斯的来历,店主拿出一个放有19本德国护照的盒子。封面上有老鹰和纳粹标志,当中还有一个"J",托马斯立刻意识到它们的重要性。由于住在上海好几年,他也知晓成千上万的德国、奥地利和其他欧洲国家的犹太人逃离纳粹魔掌,在上海安居乐业的故事。这些护照承载着主人逃亡上海的漫长旅途中所经历的辛酸血泪。

当年护照上标明的行程日期：5月7日到达科伦坡,5月17日到达香港

　　"直觉告诉托马斯有必要找到这些护照主人或他们的后代。他立即着手行动。他用手机将护照上的孩子拍了下来,希望能找到他们。他拍下并研究的第一本护照就是我和我母亲的。他搜索

德国犹太难民的护照

了我的原名,0.16秒后找到了十余条关于我的'头条',它们来源于我之前关于上海犹太人的出版物和讲座。他点开的第一个链接里就有我的现名和e-mail地址。"

失而复得的护照勾起彼得久远的回忆。

"'碎玻璃之夜'过去两周,我们收到了业主收回房子的通知,告知我们必须在12月31日前搬出柏林夏洛滕堡的公寓,因为根据刚颁布的法律规定犹太人不能和雅利安人同住一个屋檐下。由于一些国家如美国、澳大利亚和其他地方限制严格,使得我们只能选择'开放口岸'上海——又被称为'最后的泊湾'。我们私下买通了一个船员,得到了北德劳埃德公司'SS沙恩霍斯特'号的船票。

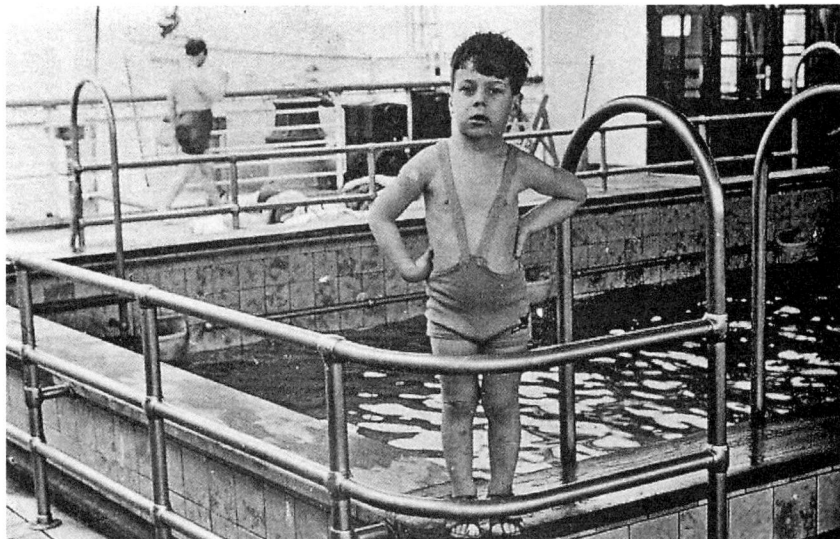

在游泳池边

和母亲在顶层甲板上休息

登船地点为意大利的热那亚。我和我的父母、外公外婆还有舅舅
终于在1939年4月离开柏林。"

行程和日期可以通过护照上的印章得知。

"5月7日到达科伦坡、5月17日到达香港、最终我们于5月
19日行驶在黄浦江上，到达上海。在离开柏林前，我外公伊西多
勒温想到要离开深爱的德国而崩溃，得了心脏病。我们到达后不
久，他就去世了，葬于倍开尔路公墓。外公是最早的被葬于上海
的难民之一。从热那亚到上海的航行让我们在饱受创伤的身心
得以放松休养。但尖锐的现实立刻又将其抹去，因为我们和几乎
所有其他难民一样自抵达后就必须立刻面对骇人的环境和艰苦
的生活。"

和父母在科伦坡码头

收到托马斯的e-mail后,彼得一分钟内就往上海打了电话。从店主那里得知,在上海共约有100本德国犹太难民的护照——有5本已找到主人,余者有待后人来寻找发现。

20世纪60年代,"文化大革命"中,大量与西方人相关的记录和物品被"处理掉"。以后,部分护照辗转到了古董铺,而没有化成纸浆。

后来,彼得联系了店主杨先生,请求由托马斯带回了护照。彼得想应该组织一场"老上海"重聚,这或许可以成为一个合适的平台,让护照得以回归主人、家人或者上海犹太难民纪念馆。

(黄媛根据中国犹太人网站上彼得的回忆整理)

《以色列信使报》《上海时报》

"信使"关注新论
"时代"传播要闻

The *Messenger* Focused on New Theories and the *Times* Communicated Important News

翻开1940年的《上海时报》的要闻简报，老报纸关注的新闻耐人寻味，同时，也折射出犹太难民关注的重点。离开上海，前往美国，是当时上海犹太难民的期望。所以每有人实现愿望时，都会报道。

　　《以色列信使报》有个关注各方时政新论的栏目，叫"From Here and There"(来自这里和那里)，视野开阔，语言活泼，读来引人入胜。

The events focused on by the *Shanghai Times*, as people will find as they flip the old newspaper and read the front-page highlights, are very revealing, which also reflects the interested issues of the Jewish refugees. It was a wish of every Shanghai Jewish refugee then to leave Shanghai for the United States. Whenever someone's wish had come true, therefore, there would be reportage of his/her story.

"From Here and There" was a column of the *Israel's Messenger*, dedicated to various current events and theories, and provided compelling reading with its wide horizon and vivid language.

翻开1940年的《上海时报》要闻简报,发现这份老报纸关注的新闻耐人寻味,同时,也折射出犹太难民关注的重点。

离开上海,前往美国,是当时上海犹太难民的期望。所以每有人实现愿望时,都会报道。

"H. J. Sheridan女士及其女儿昨日乘坐克利夫兰总统号油轮前往洛杉矶"

"P. M. Streit女士和其儿子昨日乘坐克利夫兰总统号邮轮前往洛杉矶"

"昨天克利夫兰总统号油轮的乘客中有Milten J. Helmick女士及其侄女Sandy Tittmann、Bruce S. Jenkins"

"William P. Hunt女士和女儿June搭乘克利夫兰总统号油轮前往洛杉矶"

这组要闻有四条都是这样的新闻。

对生存环境的动态新闻也非常关心。

"根据最新人口普查,上海地区人口数为1492788,有328469户居民。"

这条新闻留下了一组很有意思的历史数据。第一,1940年的上海已经有了人口普查;第二,当时上海的人口是149万,犹太难民在沪2万,沪犹人口之比是75对1;第三,那年,上海有将近33万户家庭。

社区的动态新闻也是《上海时报》关心的。我们读到了:

"中国英籍居民协会的委员大会上H. J. Collar先生当选为主席"

"日本街道联合会召开紧急会议,决定联系日本总领馆提出稳定物价,保障日本居民生活的意见。"

"北京日本上校遇害的凶手被抓获,结果是个穿中国服装的日本人,杀人动机是由于吵架。"

文化动态也是犹太难民关心的内容。

"'上海的盗版书应被禁止'辩论赛将在今晚举行。正方辩手是A. F. T. Holland先生,反方辩手是C. C. Borjesen先生。"

"King's Daughters' Dolls Raffle画展即将举行,入场券欲购从速。"

德国的一举一动当然更是媒体关注的对象。在1940年的《上海时报》上可以读到

"瑞典探险家斯文赫定在德国进行了巡回演讲后于周二回到斯德哥尔摩。他说,种种迹象都证明德国并未处于战争状态,他的到来得到所有地方包括希特勒元首的欢迎。"

未必不知道这则新闻是纳粹德国粉饰太平的宣传,但作为动态,报纸还是发表了这则新闻。

"虹口日本警备队将在周六晚在'立邦(日本)俱乐部'讨论如何协调与加强工作。"

同样,日本占领军的事务性会议都会作为新闻。

《以色列信使报》有个关注各方时政新论的栏目,叫"From Here and There"(来自这里和那里),视野开阔,语言活泼,读来引人入胜。1940年5月17日的"From Here and There"4篇新论各具特色。

《以色列信使报》创刊号。该报创办于1904年，在30多年的时间内不仅在上海，而且在全中国乃至远东都具有巨大影响

《关键之年》

"那群统治着德国的暴徒们都明白，今年很关键。除非他们能在1940年打败我们，否则他们将逐渐失去胜利的机会。"

——英国陆军元帅米尔恩勋爵

这篇英国元帅的言论放在首篇，报纸的立场何等鲜明。

《冷淡的同盟》

"德国元首宣布，他的阵容里有他自己和墨索里尼、日本天皇……还有上帝。不过，后面几位倒好像是来凑热闹的。"

——纽约客

16　　　ISRAEL'S MESSENGER　　　5TH JANUARY, 1923.

Dr. and Mrs. ALBERT EINSTEIN ARRIVE IN SHANGHAI

ENTHUSIASTIC RECEPTION

RABBI W. HIRSCH and Mr. D. M. DAVID PRESENT GREETINGS

BRILLIANT FUNCTION

Prof. EINSTEIN speaks German, French and Italian freely and understanding English

《以色列信使报》刊登爱因斯坦博士及其夫人受到上海犹太社团热烈欢迎的报道

　　纽约客，75年前的报纸笔名，像是今天网络上的笔名。语言风格也如今日网络用语。1940年时就敢于对希特勒冷嘲热讽。

גליון היובל (כ״ה שנה) להופעת "מבשר ישראל" תרס״ד-תרפ״ט.
הוצאה מיוחדה ומשוכללה.

OUR SILVER JUBILEE NUMBER

5th April, 1929　　　　　　　　　　　　　SHANGHAI, CHINA
25 Adar Sheni, 5689

מבשר ישראל
ISRAEL'S MESSENGER

The International Jewish Monthly
Official organ of the Shanghai Zionist
Association and the Jewish National Com-
mission for China. A Jewish Paper devoted to
the interests of Jews and Judaism in the Far East.

1929年4月5日出版的《以色列信使报》庆祝创刊25周年纪念专刊

《好个语言学家》

"罗斯福特使韦尔斯萨姆纳能用五种语言表达他的沉默。"

——时代

1940年，美国外交官韦尔斯萨姆纳作为罗斯福的特使，出访五国讨论对德政策，结果都没有达成共识。媒体的调侃传递了严肃而沉重的现实。

《为尊贵的犹太人送上鲜花》

不久前，纽约自由犹太教会堂为其创始人史蒂芬怀斯庆祝66岁生日。这次庆祝活动提供了一个很好的机会去了解史蒂芬怀斯

《以色列信使报》的创始人：N·E·B·埃兹拉、M·迈耶、I·A·列维斯（自左至右）

的生平事迹。怀斯不仅仅属于自由犹太教会堂，而且属于所有以色列人，他是所有犹太裔美国领导中最有人格魅力、最有名的，被称为是"非犹太裔美国人的犹太大使"。

史蒂芬怀斯在1936年创立了世界犹太人议会，他是属于所有犹太人的。

1940年的《以色列信使报》《上海时报》告诉75年后的我们，他们是如何立论说事的。

（罗震光执笔）

《百科画集》

犹太青年戴斯君
环球骑车战火中

The Jewish Youth Deiss Cycled Globally in the War

犹太民族历来不缺乏冒险精神。《百科画集》这幅插图记下了犹太青年自行车环游世界出发的一幕。

　　The Jewish people never lacks of spirit of adventure. The illustration in the *Encyclopedia Album* recorded the scene that a Jewish young man was to tour around the world by bicycle.

百科畫集

三下表氣，十粟結成能，通等哩十，空施九十格氣益所象中
廣六零攝達三烏積自隨冊片，入烏氣放二三候高爲所央
云十庚氏废枪六氣，配球近南降公達球高日十月特空測究氣

某一之出觀各年日特，陶他間片之手佩孃將之國宋郎德，扶塑孃
雜吳妃國，鄴想任十於程辰國帶八服所以像爾之其請學府闋近遊家像
資念前作參待北五國氏覽公壯月，製概，代慶所，院中佛慶氏程腿

無齒大惟之及小身矮中動由漢
異常小頭半常，投人有物公口
。人間部，人傀短，二圖圍中

值，於傀傀以爾，示像果一諡，特低爭意
得假阿腳才差愚說腳。尼腿地特辜佔，阿
耳不地睍，彼氏者科以胸柰註在後阿意腿

可敬瑪瑒，勤誼者團刻異歡界上飆九三行兄細十有由立杭
佩珠，長茊來，十最，常迎到兒，廿月閭當西小學小霸州
。足勇鉬無湿白五長號慈。結當帽恄廿，旅誼合生孳孳市

犹太民族历来不缺乏冒险精神。在《百科画集》一幅插图中，
我们能看到一名犹太青年一手把着自行车龙头，一手支撑于坐垫
上，胸前系着一条白色飘带，上书"Round the world traveler"(意为：
骑行环游世界的旅者)字样。只见他目光如炬凝望着前方，左脚微
曲踩上脚踏板，似乎恨不得马上就要蹬上自行车出发周游世界了。

大民之车行，於外行。拿起会座四乘踏日里四合邻旅用知某近一合御，首极三作小之

布志朏月日社崇，者人为时。京北之比於十大泰数，比情。属所象四二装行禮加十陌欤形

航会址坜於心已，形楼建之生。图会中座成愛实代中开者中空新、市，落全如，近染别画

乘各士骑見在飛造制专員。落坠國起人入特車賀試殼遠，警習为後段，而慢初起架供快國成

揽君斯戴踏踪界冪程平後港等國各海出之揽者近所作驰作任供然坐上備時形旅太犹。来取由之，先起趋处在，车发情

据原图解释说，该青年名为戴斯君，"近拟乘脚踏车作环游世界之装具，行程先至平津然后由香港越南等处出国，图为在上海准备出发之情形。"可见，即便在动荡不安的年代，犹太青年中仍不乏喜好探索冒险之辈，在生活中去追求实现自我的价值。相比之下，上海人却并没有从这些犹太邻居身上学到多少冒险精神。数十年后，也只有一位余纯顺堪比这位戴斯君。不过，余纯顺遇难沙漠的结局更让上海人平添了一份小心。不知那位戴斯君的脚踏车环球之旅顺利否？找不到相关的报道，但依然希望他早已顺利完成。

（罗震光执笔）

《圣公会报》

捐建犹童学校
惜因战事关闭

Established by Donation, the Jewish School Pitifully Closed in War

文章中着墨颇多地介绍了当时的一所上海犹童学校。从希伯来文"因其为现代犹太文之根基，所以犹童多令攻习"一句可以看出，犹太人对自己文化的根脉，相当重视。

　　The article made a detailed introduction to Shanghai Jewish School at that time. "As the root of the Jewish language, Hebrew is a required course for Jewish children." This Hebrew saying can tell that Jewish people attaches great importance to the root of their own culture.

13　論說　　　　聖公會報　　　　第七期

上海的猶太人

宗燕

日之下依舊遊行；無論婚喪等事，都用道士成禮，勢力很大。地方的流氓土匪，是很可怕的，白天在鎮上聚賭欲錢，晚間則到鄉間搶劫，故此在這類農民中佈道，眞是難！對于鄰人一己，在過去的半年中，祇見上帝的特恩，明白上帝怎樣使鄰人看出他的愛情，使一個毫無價值的鄉民，竟作了上帝的僕人，上帝的美名，怎可不頌揚嗎？

猶太人是世界極特異的一個民族，這是公認的。他們不但創立猶太教，從猶太教後來分出基督教與囘囘教，二者均爲世界最大宗教，卽在經濟、藝術、文學上，他們也佔極重要地位。他們沒有國家，然而世界各國都有他們的脚蹤，都爲他們之家。他們有很大左右政府的能力。我們現在不能詳論普通的猶太人，而未獲其緣，最近認識上海猶太教的一位拉比，對於上海猶太人的歷史及現况調查頗詳，爰爲記述如下。

這位猶太拉比名叫鮑夢登 創會上章稱爲「牧師弟兄，」Brother Rev, M, Brown 與基督教會稱牧師一樣。他自一九三二年從英倫被聘來滬，充當牧師之職，英文叫做 Hebrew Director 猶太敎中執事，最高者爲祭司，乃亞倫子孫今日姓 Cohen 者卽其苗裔。次爲利未人，充當聖殿中各種服役職務。再次爲拉比，被擄巴比倫後，會堂林立（猶太人規矩，某地有十個猶太人，卽宜組織一個會室）拉比制度從而產生。）今日的拉比，須於大學畢業後，再進猶太敎神學院攻習數年，然後被立爲拉比。

（一）上海猶太人的歷史　最初來華之猶太人爲沙遜氏 E. D. Sassoon 五口開放後，他卽於一八四四年來上海廣州香港等地，設立沙遜分公司。E. D. 沙遜之父大衞沙遜，原在印度孟買經商，所以其子在華所經營者爲分公司，以鴉片、茶、絲、棉爲大宗。不消說沙遜公司營業發達，成爲巨富，稱爲「東方之羅思嘉族」The Rothschilds of the East 沙遜大廈卽其所建，外有許多產業在上海。（按羅思嘉族爲歐洲巨富，兄弟三人，一居倫敦，一居巴黎，一居維也納。）

繼沙遜之後來華之猶太人爲哈同 A. Hardoon 及伊拉克（卽米所波大美）之巴格達 R. E. Toeg 等，于一八七二年來自印度之孟買，[Sephardim] 又有來自英倫之美）之猶族。[Sephardim] 因種族宗敎語言相同關係，遂與他們打成一片，最多之數，亦不過一百家。這些原初猶太人中之著者尚有魯易斯慶、（拍賣行）亞伯拉罕、約瑟，以斯剌，摩西，西剌，拉哈民等。他們的商務機關，今日多數猶太人組織會堂，在一八八二年在馬霍路置一猶太墳山。

原初上海之猶太人經商致富者頗不乏人，沙遜、哈同、以斯剌、加多利其著者也。現在上海之猶太人約有一千家，五六千人，其中百份之九十則貧窶殊甚。這些猶太人來自俄羅斯、西比利亞，海參崴等地，考其沿革如下。一九〇五年日俄戰後，猶太人在這些地方，漸感生活困難，相率南徙，上海之猶人……

《圣公会报》：《上海的犹太人》

载于《圣公会报》上的《上海的犹太人》一文,从犹太人的历史、宗教和生活方式三方面,深入浅出地介绍了犹太人及其来到上海的历史。

颇有意思的是,文章着墨颇多地介绍了当时的一所上海犹太学校 (Shanghai Jewish School)。该校原设立于一九〇二年,建校时只有六名学生。一九二七年一名叫佩里 (M. I. Perry) 的香港犹太人,遗嘱以十五万两捐助上海,但建造学校,还需要上海本地人士亦筹募同等款目。这个消息一出来,社会各界捐献踊跃,三十万很快就备齐了。该校后来逐渐发展到男女学生两百二十人的规模。

文中介绍,学校课程除普通科目外,还有宗教、历史、希伯来文等,由布朗担任教授。希伯来文是《旧约》所用的文字,少有人用,但从"单因其为现代犹太文之根基,所以犹童多令攻习"一句可以看出,犹太人对自己文化的根脉相当重视。另外,文章将"教育"列为"上海犹太人的生活"的下属小标题,可以从侧面看出犹太民族对于教育的重视程度。

上海有许多校史过百年的学校,官办的、民间的、教会的,各种形式都有留存延续,且如今大多已成为名校,可惜这所具有特殊历史意义的上海犹童学校,却因二战后大批寄居上海的犹太人返回欧洲而关闭。说来,着实令人遗憾。

(罗震光执笔)

《申报》

犹太国队虽输球
无国有队喜欲狂

Lost in the Match, Jews Celebrated Joyously for Having a National Team before Establishing the State

远东运动会的万国公开足球锦标比赛在上海举行，犹太人在以色列建国之前能以一国之身份出现在国际比赛的赛场上，这成为一段历史的趣话。

The International Football Championships of the Far East Games was held in Shanghai. The Jewish people participated in the international game in the name of a country even before the founding of Israel, which became an interesting tale in the history.

《申报》的这篇足球报道，可谓是神来之笔、入木三分，形象有趣地描述了整场比赛。

远东运动会万国公开足球锦标比赛，加入者有中国、犹太、英国、日本四队，采用淘汰制。预赛分两组，一组为中国与犹太，已于昨日交锋，结果中国以七对零大胜；一组为英与日，于今天下午四时半比赛，两组之胜者，则与明日决出冠军。兹将昨日两队阵线及比赛情形、分述于后。

"曹桂成首中一球"，五点开赛，裁判员卢颂恩发球后，中国队立即采取攻势。黄瑞华远送一球，孙锦顺得之射门，球低而急，对方门将摩尔跪下抵挡，球在其脚上弹出，曹桂成奔前停住，轻轻一拨，盘过防线，砰然一脚，应声而中。这一系列的描述，仿佛在读者面前回放着录像一般清晰、生动。

更有意思的是，在上半场领先三球后，犹太队在禁区内犯规被判"十二码"（点球），孙锦顺"用力不满半斤，送球远不及一丈"罚丢了点球，被记者调侃"请客"。最后第七球由孙锦顺打进，记者称其"七星高照"，中国队最终七球大胜。从比赛中可见当时中国队并不像后来那样"鱼腩"，而犹太民族当时作为一个无国籍的民族，却能以国家名义组队参赛，可见中国当时对其的政策环境之宽松。犹太人在以色列建国之前能以一国之身份出现在国际比赛的赛场上，成为一段历史佳话。

（罗震光执笔）

女子網球表演

中日單打表演……今日下午二時舉行……吾國賽員爲陳顏雅清

中日女子網球表演比賽、原於日前舉行、因日本選手、未曾蒞場、故未比賽、茲定於今日下午二時、舉行單打表演、吾國球員爲陳顏雅清、今與日本選手角逐一場、嘗有一番盛況也、

六	欧爾	一分	六	安居勤 〇分
七	台明	〇分	七	松本勝明 五分
八	阿魁諦	三分	八	中村正吾 二分
九	亞別爾	三分	九	伊藤元義 八分
		共計四二分		共計二十二分

公開足球錦標

中國痛擊猶太隊……七與零之比……今日英國與日本比賽

本屆遠東運動會萬國公開足球錦標比賽、加入者有中國、猶太、英國、日本四隊、採淘汰制、預賽分兩組、一組爲中奧猶、已於昨日交鋒、結果中國以七對零大勝、一組爲英與日、於今日下午四時半比賽、兩組之優勝者、則於明日決鬪錦標、茲將昨日兩隊陣線及比賽情形、分述於后、

◉中國隊

黎郁逵　林玉英　劉茂　孫錦順

申報遠東運動大會特刊

一七

《申报》报道了远东运动会万国公开足球锦标比赛中以国家队名义参赛的犹太足球队

寻找童年小伙伴
重洋难隔儿时情

Search for Childhood Companions—Old Memories
Could never be Severed by a Distance of Oceans Apart

1939年在上海出生的犹太孩子Sonja Mühlberger
至今仍能够说出13个同年在同一个城市出生的小伙
伴的名字。文章讲述了一个个寻找童年伙伴的动人
故事。

　　Sonja Mühlberger, a Jewish born in Shanghai in 1939, can
tell the names of 13 friends who were born in the same city in the
same year as her. This article tells many touching stories about the
Jewish looking for her childhood friends.

　　1939年在上海出生的犹太孩子索尼娅·米尔伯格(Sonja Mühlberger)，至今仍能够说出13个同年在同一个城市出生的小伙伴的名字。离开隔都后索尼娅与一些朋友失去了联系，去到柏林后因为柏林墙的存在继续与朋友再次分离，前往美国的际遇又让她的寻友之旅变得更为艰难。然而，借助一次次犹太人的聚会，在网络和老照片的帮助下，她得以重见老友，重拾那些宝贵的童年记忆。

　　为什么我那么喜欢照片？因为照片可以带回我儿时的记忆，让我想起童年的友谊，还有和朋友们相处的场景。

　　我是个感情丰富的人，我相信人在年幼时就会与他人建立感情和友谊，因而朋友之间的分别是十分痛苦的。虽然一个人可能会忘记长久不见的朋友的名字，但是童年的友谊却会一直陪伴其他。

　　我有一张护照大小的照片，是我的朋友多丽丝·卡森(Doris Kasswan)的照片。她和我一样，1939年在上海出生，照片上的她大约两岁半到三岁。拿起1946年嘉道理学校的合照，我很难分辨出哪个是她，但是和多丽丝·卡森之间的友情却让我永远无法忘怀。

多丽丝·卡森的照片

　　我和我的朋友丹尼·本杰(Danny Benger)一起玩耍、一起上学。我没有他小时候的照片，我有一张他回到美国后高中毕业的照片，相当上镜！

　　我也能想起我的小伙伴丹尼和我一起洗澡时候的样子，他那时候是一个淘气包，脑子里充满了各种淘气的点子。

丹尼·本杰,两张都是一个人

　　战争结束后,隔都就不存在了。我们这些小难童跟随家长一起移民到世界各地,和之前的玩伴们相互分离。我们家搬到了德国柏林的Wolff,在那里我遇到了与我同龄的女友贝拉(Bella),我和她在上海就是朋友了。然而受到战后世界格局的影响,我们再一次分开了。她在西德,我在东德,我们相距那么近,却因为两个不同阵营而难以联系。地域的不同、政府意识形态的差异,以及环境的差别均对我们造成了影响。

　　柏林墙倒塌后,1992年,我和母亲去了美国。在洛杉矶,我们再一次遇到了丹尼。尽管我们近50岁,且30多年没有彼此交流,他独特的步态和爽朗的笑声却仍然没有改变。到美国之后他成为一名知名律师,娶了一个貌美如花的妻子,并且养育了四个孩子。

我站在当中，双胞胎在两边

我继续寻找儿时的玩伴多丽丝·卡森以及双胞胎莫妮卡（Monika）和吉塔·拜尔（Gitta Bayer）。我知道多丽丝和她的母亲离开上海之后移民去了澳大利亚，我搜索了很多列表，想寻找他们三个的去向，却没有一点线索。

德国有句谚语叫做"好东西值得等待"，这句话在我的寻找之旅中应验了。我在媒体上发布了求助信息，随后惊喜发生了！几乎在同一时间我找到了三位老友！澳大利亚的彼得·纳什（Peter Nash）写信给我说他找到了一对叫拜尔的双胞胎。"他们是不是你一直在寻找的老朋友？"我根据他找到的电子邮箱发去了邮件，你们无法体会我在电脑前等待回信时的期盼。

当我再次看到她们小时候的照片并且读到我父亲在上面写的话"索尼娅和她的朋友们：双胞胎和彼得小公鸡，摄于1946年"的时候，百感交集，我想即使在一千个人之中我也能立马地将她们找出来。这对双胞胎已经有了自己梦幻般的职业生涯，然而除了脸上的皱纹她们似乎没有什么改变。这些年，我变了多少呢？在

双胞胎近照

我携带的关于我们所有孩子的照片之中，很少出现拍摄背景和周围环境。我们是怎么知道谁是谁，甚至自己有没有在照片之中的呢？这一切未免也太奇妙了。

我很高兴能在1997年8月的柏林聚餐上遇到曼弗雷德·沃莫 (Manfred Worm)，他是一名退休的法官。他给我们看了1939—1941年期间在上海的很多照片。这些照片和一些新发现的照片会随时被上传至 www. rickshaw. org.

一位女士找到了她丈夫小时候的照片，她写道"这应该是我的丈夫，因为他有和我们的儿子一样突出的耳朵"。

　　在1998年拍摄纪录片"Escape to Shanghai (逃往上海)"和
"Sanctuary Shanghai (上海保护区)"的时候,我遇到了诺埃米·达
力达克斯 (Noemi Dalidakis)。她随身带着当时的班级合影,希望
能在上海找可以和她一起分享这些回忆的人。从那时候开始,我
们就一直保持通信,来联络彼此的友情。

　　诺埃米和她的妹妹达格玛 (Dagmar) 五年来都会拜访在
柏林的我们。当我们再次冲洗出当时学校的照片时,她突然指
着照片里的一个小女孩说道:"这个是多丽丝·努斯鲍姆 (Doris
Nussbaum)",那一刻喜悦的泪水夺眶而出,我们激动地抱在了一起。

　　我还能说出13个在1939年出生的孩子的名字,他们大多在
英国殖民地的医院或是上海的法租界内出生,可以想象他们勇敢

莫妮卡·怀特 (Monika White) 和她的老公

1946班级照

1946班级照

的母亲是经历了何种艰难困苦才把他们从奥地利或者德国带到上
海。他们每个人身上都带着那个时代的回忆。

(原作Sonja Mühlberger，李惟玮根据Yvonne Adler的德译英稿整理)

Judith Lavitt-née Schaefer（右）和 Lesley Witting

《西风副刊》

犹太商人落难
变卖家当求存

Caught up in Calamity, Jewish Businessman Sold out All Properties for Survival

犹太民族善于经商，初到上海的犹太商人的生存状态，其实就是上海犹太难民的主流状态。刊载于西风副刊上的一篇上海作者描写和犹太商人发生交集的文章，读来令人心头别有滋味。

　　Jewish people are said to be good at doing business. However, the living status of those Jewish businessmen at the time when they arrived in Shanghai was actually the living status of the majority Jewish refugees in Shanghai. An article published on *West Wind Supplement* which depicts the life of communicating with Jewish businessmen arouses complicated feelings of the readers.

　　犹太民族善于经商，初到上海的犹太商人的生存状态，就是上海犹太难民的主流状态。刊载于《西风副刊》上的一篇由上海作者描写的和犹太商人发生交集的文章，读来令人别有一番酸楚。

西風副刊 第二十一期　　西風特寫：猶太難民在上海

猶太難民在上海　翁仲馬

西風特寫

犹太人資俾大，對於想往于賺錢，我們的確不如他們，從「一分錢一磅肉」的故事裏，就可以看出他們的精神來。

希特勒的手段真够兇辣。在他的眼裏，他認爲這羣被驅逐的人不是優秀的民族，所以應該受到這種懲罰：其實，我們倒不如說他們的財產很可愛呢。

領城內的猶太人驅逐出境。居然把在德國執沾之資，拋過這世界以後，上海的國際地位，非常複雜，同時他的中立性質也非常便捷，使一些從炮灰中逃亡出來的人，不得不來投奔他們一個安身的地方。所以，用上海的地方來安插難民，是再適宜也沒有了。

這羣無家可歸的難民，終於被遣送到上海來，是的，上海是再適宜沒有的地方。自從戰神降臨以後，馬路上，電車上，公共汽車上，和其他公共場所裏，便時常可以看見他們的蹤跡，身上常穿着一件晴雨兩用的大衣，手裏拿着一個旅行皮包，上面滿貼着輪船公司和旅館的廣告，到處可以見他們趣來跑去，比猶太人的鼻子，柔黃色的眼睛，秀大

他們拿着皮包跑來跑去，幹什麼呢？是找一個便宜的旅店嗎？不是的，他們是在兜攬生意啦！他們把他們從德國帶來的東西賣掉，去換取一些中國貨，或是賣路不明的東西，來了一個秋天早晨，我正在讀書，來了一個猶太人，手裏拿着剛剛皮包。

『早安，先生。』他用很不高明的英語說着，隨後就打開了他的皮包，把許多的毛織品料子拿出來。講到價錢的時候，他先用手指，後來弄不清的時候，他便用鉛筆尖在日記本上寫出來，結果買了許多紙上數目字的爭執，我用三十塊錢買了三碼多一點的呢絨。

（白俄）還要多呀。

桌布，領帶等家常日用品，算得很好的東西，於是他們就買進一些好的貨物的時候，我們很可以用少數的代價，買到很好的東西，像衣料，漸漸的就不成了，但是，

謝謝你，一杯水。他擦着汗要求我給他一杯水喝。

我拿了一杯冷開水給他，他貪婪地喝着，告訴我他因爲缺乏食物同啤酒，所以肚子變小，衣服都縮小了，說時他用手把衣服扯起來又低下頭一

最近我有朋友告訴我，說有猶太人向他兜賣書籍，署名——『成功的秘訣』『希望』等。我偶未遇見過這種事，但是，我心裏一直在想而且是用中國文字印的封面，內幕情形也沒有看出

過了一天不予回信，讓我第二天的早晨着一些作品去看他，來信的筆調寫得很漂亮，有點像去年夏天，我在報紙上曾看見一段着色的人材的廣告，我因爲有一種着色的自薦書的技術，寫了一對有履歷經驗性質的自薦書去，過了一天才予回信，這些書的內容是什麼香豔的東西。

不到一星期的工夫，他又來了三次，一次的貨物也不如一次的德國字。

第二天早晨九點我去到他指定的地方，在×路的一所公寓裏的第六層樓，二十二號門上釘着一張卡片，是德文，我用英文拼音法拼出了『漲門』的音，我輕輕地敲了兩下門，沒有回音。

『請進來。』還英語的音調，一聽便可以聽

廿九年五月十六日

　　文章讲述了作者和犹太商人之间的三个小故事。第一个主要反映了犹太人在经商时的勤勉、用心。配以右上方的漫画，为读者勾勒出一个犹太商人的形象：他们拿着皮包跑来跑去兜揽生意，把从德国带来的东西卖掉去换取面包。在他们初到上海的时候，老百姓可以用较少的代价，买到很好的东西，像衣料、桌布、领带等家常日用品。渐渐地他们带来的东西卖完了，于是就买进一些中国货或是来路不明的货物来冒充了。

　　一个秋天的早晨，作者在读书时遇见一位犹太人手里拿着两只皮包。打开皮包后，他把许多的毛织品料子拿出来，说着犹太口音的德国话。谈到价钱的时候，他先用手指，后来弄不清便用铅笔在日记本上写，费了许多周折之后，作者最终用三十块钱买了三码多一点的呢绒。

　　"谢谢你，一杯水。"他擦着汗要求给他一杯水喝。作者拿了一瓶冷开水给他，他贪婪地喝着，说因为缺乏食物和啤酒，肚子变小，衣服都嫌大了，说着他用手把衣服拉起又放下数次。不到一星期的工夫，他又来了三次，货物一次不如一次，后来就交易不成了。

　　虽是一篇特写，可能会略有虚构，但在一定程度上反映了犹太人初到异乡，在变卖完值钱家当后身无分文，不论是生活还是生意都颇为窘迫的现实状况。

（罗震光执笔）

我家三件传家宝
陪伴全家过难关

My Family's Three Heirlooms Accompanied the Whole Family through Hard Times

多亏父母的先见，我家的三件传家宝得以提前抵达上海，没有被纳粹德国没收。然而，在避难的漫长岁月里，它们时常面临着被卖掉的危险——家中生活拮据，长辈不得已要变卖家产度日，甚至传家宝也在劫难逃，但在亲友的帮助下，传家宝和我们一起"生存"了下去……

Thanks to my parents' foresight, my family's three heirlooms arrived in Shanghai in advance instead of being confiscated by Nazi Germany. However, in the long years of refuge, they often faced the danger of being sold – because the family was short of money, elder family members had to sell family possessions to make ends meet and even the heirlooms were at risk. But under the help of relatives and friends, the heirlooms "survived" with us…

在所有从中欧或东欧逃到上海的犹太难民之中，仅有一小部分成功地保留了他们的传家宝物。多亏了一个柏林发货商的善意提醒，我父母的财物被提前装上船，并安全地运抵上海。

当时，从欧洲涌入上海的难民数量庞大，只要有价值的财物都能够卖出一个比较合理的价格。我父母卖掉了他们的纯银物品，使得他们的头两年过得比较舒服。

战争爆发后，生活质量急剧恶化。我的父亲由于营养不良，在战争结束的时候离开了人世。我至今依能清晰地记得他说："我们下一顿饭从哪里来呢？"当时一些商人怀揣机会主义心理，诱骗我的祖母，用低价收购她值钱的财物，祖母卖掉了切割玻璃水晶花瓶，却只换来了两天的衣食。就这样，从上一代流传下来的宝物不断地变少。

图一是我小时候和祖母耳语的照片，那时我们刚到上海，住在东百老汇路737号。背景中有一个精致的犹太烛台，是我们家三件传家宝之一。

图二是我的母亲、祖母和我在房间里围坐的场景，我们身后的烛台十分精致，是我们家的第二件传家宝。

图三里的女士是我的

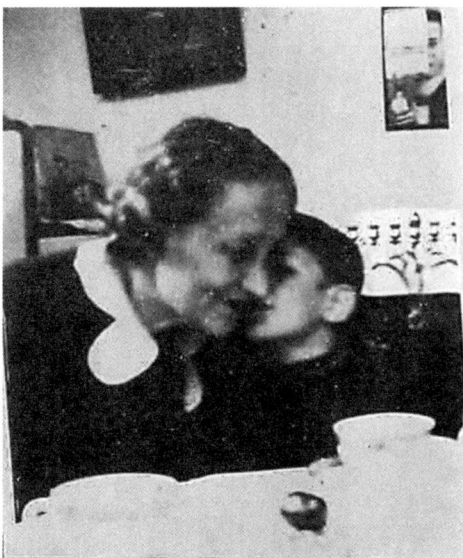

图1

图2

图3

妻子照片里的桌子上摆着犹太烛台和两个小烛台。两个小烛台就是我父母在30年代用过的那一对。

我们家最后一件传家宝,我父亲几乎要把它卖了来换取第二天的食物,还好被我们家的一个密友抢救下来。这个密友意识到这对于我们家来说意义重大,也知道父亲讨生活的艰难,便给了父亲足够的饭钱,保留下了我们的传家宝。在我父亲死后,他成为了我的继父。

这三件传家宝对我们家的价值已经远远超出了它们本身的价值,永远没有办法用其他东西来替代。它们对我来说是一种回忆,睹物思人,看着它们总能想起我的父母,以及在上海避难的那段艰难岁月。

尽管物质条件艰难,入不敷出,我们还是活了下来。我们会永远铭记。

(李惟玮根据黄包车网站内容整理)

《西风副刊》

禁谈逃亡经历
努力找活谋生

Never Talk about Escaping, Try to Make a Living

抵达上海的犹太人，都饱经风霜、备受险阻，除少数以外，大多数的德籍犹人，均不愿将他们的经历告诉世人，就是上海的犹太难民救济委员会也严厉禁止犹人与新闻记者谈述他们生动的经历。

　　All the Jewish people arrived in Shanghai had gone through all hardships and difficulties in life. Most of the German Jewish, except for very few of them, were not willing to tell others their experiences. The Shanghai Jewish Refugees Relief Committee even strictly forbade Jews talking about their lively stories to the journalists.

上海，尤其是公共租界和法租界，常常成为难民避难的场所。1843年租界成立后不久，中国发生太平天国战乱，因为有商团武装、巡捕甚至军队的保护和维持秩序，租界成了战乱中的一方乐

上海的猶太難民　呂實名

在這廣大的世界中，竟沒有一塊歡迎他們的樂土，也沒有誰能指示他們的迷津。

上海——難民的都市

上海，才是公共租界和法租界，常常成為難民避難的場所。一八四三年租界成立後不久，中國人民就開始避入外人行政區域；此後拳匪之亂爆發，又有許多難民避入外人管理的租界，由於革命運動之發展，德大香坊中華民國建立，直至一九二七年歐洲的白俄難民開始渡來，這批恐懼社會主義革命而逃入東方商埠的俄羅斯人，約有一萬八千至二萬五千之多，不久，這些白俄在租界界內或營商業，或作寓公，至今他們在法租界內築成了堅固的地盤，形成了一處特殊的區域，及至一九二六至一九二八年國民革命的時代，不僅中國人，連西洋人也流入了上海市的內外，七七事變發生，轉瞬之間避難人民如潮一般湧入租界。二次大戰爆發後，歐局

迷途之猶太人

逐日擴大，一般流離失所的人民，使隨陸殺戮慘遭，流至上海來了。在德奧二國的猶太人逃入上海之前，上海已有五千名猶太人。

猶太移民在中國諸城市，最早凡有確乜者，錄有，當是寧波，杭州，開封諸地，猶太人之移住寧波，均保貿易商人相傳，提筆地訓存的結果，距今約一世紀半之前，非常繁榮，而且在文化方面也有成功的事業。

許多世紀以前，猶太人於埃及的法老王時代，他們自金字塔之國流離轉徙，時至今日，他們的子孫重又找尋新天地，在地球的四周惶惑地行走者。可是在這廣大的世界中竟沒有一塊歡迎他們的樂土，也沒有誰能指示他們的迷津：自從一九三三年以迄一九三九年，解決猶太難民問題之提案，各國都不能成立，終歸煙消雲散。

因種種關係不得不離去德國的，共計約五十萬之眾，其中一小部分是內政治及宗教的迫害而被驅逐的，但絕大部分都是沒有國土的猶太人。他們抵達上海的猶太人，除少數以外，大多數的籍貫，除享惡劣險陋，備嘗艱辛，其出版物都是毫無保障似的人物；除對歐洲的東方問題，都保持中立的態度。他們在上海的猶太人雖然也有自己的色彩自屬無足係美，但這一點卻也並不表示他們對於東方之治毫不關心。

猶太難民逃入上海境時，上海由於戰爭，掀起了一處不幸愛照而能上岸的發生，於是避難者惑，如喬遷一般向著上海淞滬而來：一九四〇年七月止，上海的猶太人，約有一萬四千五百名，及至九月底，已突破白萬，歐美約二萬之數，戰前的結果，約占三百萬，歐美破二萬之數，戰前上海中國避難之民，二百二十萬中國避難之民，使人民但許在經濟的形方面比較中國的人民較裕，但他們在市內無吝親亦無之友，才能說英語，史能談中國語？最近廿年間，人民但許在經濟的形方面……

（戰前斯猶太人亦包括在內）猶內作利亞等地流……

四風副刊　第四十一期　呂實名：上海的猶太難民　三十一年一月十六日

土，中国百姓开始避入洋人的行政区域求存。犹太人离开德国时，由于战争，上海变成了一处不检查护照而能上岸的世外桃源，于是避难者如奔涛一般向着上海滚滚而来。

文中提及，这批抵达上海的犹太人都饱经风霜、备受险阻，除少数以外，大多数的德籍犹人，均不愿将他们的经历告诉世人，就是上海的犹太难民救济委员会也严厉禁止犹人向新闻记者讲述他们苦难的经历。在上海的犹人虽然也有自己的定期报纸和杂志，但无论在体裁上、内容上，都极其有限，编辑者对于欧洲与东方问题，保持中立的态度。因此，无论在名义还是事实上，犹太难民都是毫无保障的人物。

基于事实的分析，有时是颇令人难堪的。除了生活状态外，文章还分析了部分犹太难民的心理，在上海居住的犹太人有一点十分令人惊异：在这2万多人中，希望在上海建立永久家庭的，只不过百分之十，他们在上海的生活状态确实悲惨，大多数人都是一年乃至一年半在失业中度过。

部分负担较轻的难民由救济协会供给膳宿，还能有极少的香烟钱，他们很愉快并且感到很满足；另外一部分难民常常希望做暴发户，他们知道上海的商业发展十分不规范，所以认为发财的机会很多。这些人为了求职，通过各种途径去努力搭上那些权贵们，可惜曾经在上海叱咤风云的犹太大亨却没有在这群人当中诞生。当然，难民中的大多数都在认真地寻求职业。

(罗震光执笔)

《国民新闻周刊》

三条大街留难民
五百行业谋生计

Make a Living in 500 Trades and Seek Shelter on Three Streets

《国民新闻周刊》记下了上海犹太社区的真实写照，他们已经有了不下五百余种行业，有了他们自己的戏院、教堂、两家日报，主持各种演讲，灌输一切精神食粮。

National News Weekly recorded the real living conditions in the Jewish community in Shanghai where there were more than 500 industries. They had their own theatres and churches and two daily newspapers. They held various lectures to provide spiritual support.

回忆总是擅长在不动声色间为原来的生活涂脂抹粉，随着越来越多的犹太人回忆流亡上海期间经历的文章、谈话见诸报章、广播和电视，他们当年的生活水平似乎也在不断提高中。我们理解这种选择性记忆的发生，但还原历史的本来面貌还是有必要的。看看这篇刊载于《国民新闻周刊》上的文章，然后开始在脑海里默想。

走过苏州河上的大桥（外白渡桥），沿着虹口的街道走去，犹太难民在那里已组成了一个外人居留区域——酒吧间、工厂、商店、事务所、营造厂、理发师、教师、医师、牙医、律师，在三条大街上互相拥挤着不下五百余种行业。他们已有自己的戏院、教堂和两家日报，主持着各种演讲，灌输一切精神食粮。

他们都有佝偻的肩膀，扩大的步子，长睫毛总射着企图猎取一

上海平凉路收容所，容纳200人的难民宿舍

切的目光,他们中间有许多人,虽然不住在收容所内,但是也靠着收容所捐助的"白饭"(半块面包,一份菜汤)过活。

　　当时虹口一共有三处较大的难民收容所——汇山路、华德路、平凉路。每处都住着三百至一千名难民。每个难民收容所,还要维持所内和所外的难民每日一顿"白饭"。平凉路的设备较好,因为有专供新婚夫妇住的小房间。在这种"鸽子棚"里面,仅有两张床和一只小桌子的位置,但是布置却相当整洁,四壁的三面夹板上还挂着图画和文字,从这上面我们可以看出他们在隔离区生活的真实状态。

　　　　　　　　　　　　　　　　　　　　　　(罗震光执笔)

《万寿山》

木偶戏抒发乡愁
经典剧好评如潮

Classics of Nostalgia-rich Puppet Plays Obtained Raves

犹太难民来到上海避难后，在艺术上也带来了许多新的尝试和改良。可以说，木偶戏在上海的发展和改良，实际上就主要受到了犹太人的影响。他们演绎莎士比亚的"罗密欧与朱丽叶"，还演出全本的"卡门"、"浮士德"等经典名剧，木偶戏成了犹太人谋生的手段。

After Jewish refugees came to Shanghai for shelter, they made new attempts and modification of arts. The development and improvement of Shanghai's puppet dramas, as it were, were mainly influenced by the Jews. They played some classics, such as Shakespeare's *Romeo and Juliet* and the complete version of *Carmen* and *Faust*. Puppet plays became their means of living.

　　这篇刊登在《万寿山》上的《犹太人的新玩意　木偶戏在虹口复活》,生动记录了天性爱好艺术的犹太人,在当时的虹口地区演木偶戏的情形。何谓木偶戏的"复活"呢?原来,木偶戏是儿童喜爱的剧种,有着其独特的艺术魅力。原先上海木偶剧社曾有"长生殿""天鹅"等剧在兰心等处公演,但随后因主持人与演出者大多为兼职,无法坚持长期演出,许多木偶剧也因此无法运作,最终都渐渐地消踪匿迹。

《万寿山》:《犹太人的新玩意　木偶戏的虹口复活》

　　犹太难民来到上海避难后，在艺术上也带来了许多新的尝试和改良。可以说，木偶戏在上海的发展，在很大程度上是受到犹太人的影响。木偶戏成了一些犹太人谋生的手段。在静安寺斜桥总会美军俱乐部，由犹太人高天伦演出"木偶天堂"等剧，曾红极一时，大受欢迎。不仅如此，他还为犹太人在虹口区演绎木偶剧"滥觞"。后来 C. Z. C. 公司也进行了大规模宣传，计划着长期固定地点的演出。不料 C. Z. C 公司倒闭，高天伦不知去向，该计划如昙花一现，不了了之了。

　　在高天伦失踪之后，又有一些居住在虹口区附近的犹太人，在主要由犹太商人经营的咖啡馆或夜总会中演绎莎士比亚的"惊情""卡门"和"浮士德"等经典名剧。起初他们只是抱着"试一试"的心态，不料受到公众尤其是犹太难民的大量好评，令经典木偶剧在上海虹口重新焕发了生机。因为大部分犹太人来自德国和奥地利等德语国家，所以剧中的对白大多使用德语，这使得他们在难民群体中产生了共鸣。可见，除了谋生的目的，木偶剧还是犹太人抒发乡愁，展现艺术天赋、造诣的具体体现之一。

（罗震光执笔）

《尘封日记》

刻骨铭心小街景
握手鞠躬芭蕉扇

Unforgettable Street Scenes: Handshakes, Bows and Palm-Leaf Fans

我们总是发现，这些人的大部分生活都在屋前的人行道上被演绎着。这儿没车，为数不多的黄包车停在街角，不去打扰别人。总是有装满货物的小车在街上被推来推去，孩子们围着小车一起帮忙推着。就这样，一路都重复着同样的场景，就好像我们从未离开原地一样。

We can always find that most of their life was showed in the sidewalk in front of houses. There were no cars, but only a few rickshaws parking in the street corner, and they never bothered others. There were always carts laden with goods being pushed around, and children would surround it and help to push it. Just like this, the same scene was repeated along the road, as if we had never left the site.

半个多世纪过去了,少年时代在上海虹口的一幕总在眼前
闪现。

那天,西蒙来拜访我……

我们的对话被一群中国孩子打断了。他们可能是从邻里街坊
来的,因为我认得其中几个。他们站定在我们面前,互相握手,他
们控制不住地大笑,还在地上滚来滚去。有一个男孩儿戴了一顶
皱皱的毡帽,那可能是他从垃圾堆里挖出来的。他把帽子戴在头
上,再摘下,鞠了一躬。帽子对他来说太大了,他的头和脸都被罩
住了,围在周围的那群孩子都特别快乐。由于中国人不像我们打
招呼时要伸出手,也不戴帽子,因此他们模仿在我们这里所见到的

难民聚居的一条小弄堂

拜访礼仪。

他们握住我们的手，觉得特别有趣，因此都想和我们握手，我们也感到很快乐。那个戴帽的男孩儿站在一旁，不住地鞠躬，一直到喘不过气。他抓着帽檐抛向空中，孩子们立刻争先恐后地冲上去抢。西蒙趁这个机会消失了。我迅速回到店里，谨慎起见关上了门，因为我很清楚中国人那穷追不舍的好奇心。然后，男孩儿和女孩儿们把鼻子使劲贴在玻璃上，看我在哪里。

因为无事可做，我告诉父亲要和西蒙去华德路打牌。他不知道，我们其实是去看电影。烈日当头，就像在盛夏一样。西蒙弄来了两个芭蕉扇子，送给我一个。扇子是黄褐色的，用亚麻布条在底部缝牢，这样就不会散架。我对此很惊讶，中国人总是能将简单的材料做成有用的物品。这把扇子在此后一直陪伴着我，不用的时候我就把它别在裤腰上。

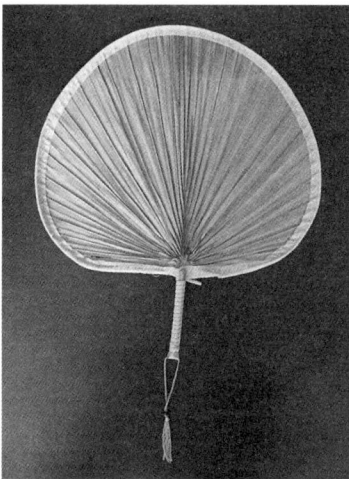

芭蕉扇

我曾许多次沿着东余杭路走，把盐和油搬到华德路，但没有细看过周围的环境。现在，我第一次发现马路和人行道有多脏。到处都是垃圾，啃完的甘蔗、橘子和香蕉皮，还有餐厨垃圾。野狗在垃圾堆里翻找着食物，孩子们光着膀子四处喧闹。一位老妇人坐在爱尔考克路的拐角，另一个人坐在折叠桌前帮她读信、写信。于是我发现，原来很多中国人不识字也不会写字，所以有些文化的人帮他们代写，赚取几个铜板。

在对面的街上有个年轻男人设了一个图书借阅处，靠墙搭了一个木橱，上面放着一排排小图画书，书里有图画故事，和一点点文字说明。只要付一点钱，就可以坐在板凳上看这些书。这对于不识字的人来说是个好主意。

我们发现，这些人的大部分生活都在屋前的人行道上被演绎着。这儿没车，为数不多的黄包车停在街角，不去打扰别人。总是有装满货物的小车在街上被推来推去，孩子们围着小车一起帮忙推着。我们没有地方可走，只能走马路正中，这样自然就被盯着看，耳后传来各种各样呼喊我们的声音，因为迄今为止，我们是这条马路上唯一的欧洲人，但是我们听不懂他们在喊什么。这里似乎有各类职业群体，每个人都有工作可做，除了在街角的小饭馆，还有鞋匠、木匠、裁缝、水电工和卖蔬果的小贩。所有人都在忙活手头的工作，他们的摊子一直延伸到水管边，周围摆着所有需要的材料。流浪狗在摊子边翻找着食物，人们把狗赶走后，它们总是又回来。就这样，一路都重复着同样的场景，就好像我们从未离开原地一样。

(黄媛根据《一艘驶向上海的船》编译整理)

《申报》

犹太难民在上海
《申报》记录全过程

Stories of the Jewish Refugees in Shanghai Completely
Recorded by *Shun Pao*

随着犹太人来沪,《申报》开始近距离关注犹太人的命运。这从侧面反映了媒体不再是远观那么简单,而是也曾体会他们旅途的不易,命运之苦难。

Shun Pao began to pay close attention to the fate of the Jewish people as they arrived in Shanghai. It reflected from another perspective that media was no longer the reportage maker in the distance; instead, it could feel with sympathy the difficulty of their journey and the hard times in their fate.

　　1938年，德国和奥地利已完全笼罩在纳粹的阴影之下。此时的欧洲，犹太人遭受着前所未有的压迫。随着二战爆发，德纳粹铁蹄踏遍了几乎整个欧洲，犹太人开始了近现代历史上又一次的大规模流亡。作为近代中国发行时间最久且具有广泛社会影响的报纸，《申报》记录了犹太人来沪前后的那些年，他们的命运和生存状况。

　　翻阅老《申报》，我们可以看到当时犹太人来沪前夕，从德国、奥地利、意大利等地驶来的轮船，它们犹如"诺亚方舟"，载着犹太人全部的希望，来到了上海。笔者查阅了《申报》1938年的报纸，发现曾有多篇报道记录当时欧洲犹太人的生存情况。不少消息在《申报》头版醒目位置刊登，显示了媒体客观关注的事实。1938年，纳粹德国的宣传部长戈培尔，曾在一次演说中称，德国政府将以严厉之方法，取缔犹太人在德国的商业。随后，德国当局五月下旬搜查柏林各旅馆饭馆，捕获335人，其中317人为犹太籍，之后又在一个月内作了第二次搜查，再次拘捕多人。其中有143人为犹太籍，被捕者均由特务警察审讯。报道将详细的数字罗列出来，并没有加以评论，但却客观地反映了犹太人当时在纳粹德国的悲惨命运。

1938年6月23日《申报》头版刊登戈培尔演说，对犹太人商业予以取缔的消息

纳粹砸毁犹太人商店

　　可以看到,《申报》对于在涉及犹太人的问题上,信源大多为国外通讯社的消息。当然,类似报道主要侧重于纳粹德国对犹太人的压迫,这些成为当时的"新闻眼"。

申報
漢口
THE SHUN
我機炸安慶敵艦
羊山磯登陸敵被擊退
皖西戰事昨仍相持中
敵艦四艘炸燬
豫東戰局沉寂
敵機又襲粵
海口昨復遭轟炸
鐵路公路被淹
已抵魯北
德對猶太人壓迫益甚
今晨由渝飛蓉
劫後之朱曲集
運城敵突圍未逞
臨汾東郊展開激戰
新絳城破即可收復
平魯井坪敵調南口增援
被禁疑案
朱彭電告戰况
社評
英美態度的剖視
少數民族法案

1938年6月12日《申报》头版刊登《德对犹太人压迫益甚》的消息

从另一个角度说,《申报》1938—1939年对犹太人的一批连续
报道,客观记录、重现了欧洲犹太人从遭受压迫到来到上海的整个
过程。

犹太难民坐船到上海

从纳粹德国排犹,到公开搜捕犹太人,奥地利境内的犹太人纷
纷离境……1939年,第二次世界大战已经爆发,主要来自德国和奥
地利的犹太人,纷纷逃离家乡,漂洋过海来到上海。对此,《申报》
对于犹太人来沪的过程报道得更为详细。据《申报》报道的《犹太
难民来沪暂栖》,1939年内的数月间,犹太难民来到上海的人数,已
达1500名。他们由三个团体予以照料,供给膳宿零用,并且请师医
疗及教授英语,这其中的三团体之一为援助上海犹太难民委员会。
而大半经济事宜,实际的救济工作,则由德奥犹太人救济协会或救
济欧洲难民国际委员会负责。

《申报》关于《犹太难民来沪暂栖》的报道

　　从标题不难看出，当时《申报》判断犹太人来沪只是"暂栖"。随着犹太难民来沪的数量逐渐增多，这一社会问题已变得日趋严重。

　　首先是人数，人越来越多，变得难以控制。《申报》记载：男妇孩童约450人，乘轮船抵沪。预料杜美总统号轮亦将于下星期五载来300人左右，特定载送难民来远东之意轮另载六百人，定五月十五日抵此，同月又有来自欧洲载来移民百人。德轮于五月十九日来沪，意轮维多利亚号二十二日抵埠。及次日自欧驶来之某日轮，均载有人数不详之难民，此外本月内由欧驶沪之较小轮船十至十二艘,也将载难民到来,德轮两艘,载难民1300人,正取道南非来沪。

其次是疾病。长途的船行,闷热而潮湿的环境,容易成为传染病蔓延的温床。据报道显示,当时一艘船上载有犹太难民450人罹患猩红热的移民,陆续送入兆丰路之临时隔离医院。而据某晚所得最新数字,患猩红热之犹太难民,已增至75人,大多数来自虹口各收容所,有多位成年人。而因为病症可能造成传染,所以预定星期二晚在河滨大厦表演的慈善剧,也被取消。而犹太人的人数在

《申报》报道抵沪犹太难民已达一万五千人

月内将增至4000，对此救济委员会也是万分焦虑，意大利轮船昨载来400余已分别安插。从上述的详尽报道可以看出，随着犹太人来沪，《申报》开始近距离关注犹太人的命运。这从侧面反映了媒体不再是远观那么简单，而是也曾体会他们旅途的不易，命运之苦难。

当然，从之后的报道，可以看出，犹太人从欧洲来到上海，历经磨砺和考验，最终成功融入到了上海的社会中，犹太民族的坚韧一面，得到展现。

(罗震光执笔)

《申报》

走过磨合期融入上海
欲组犹太军共斗纳粹

Assimilate into Shanghai through the Run-in Period with an Attempt to Organize an Jewish Army against Nazism

《申报》报道,当时的本埠犹太侨民奋起助英作战,甚至愿组织一犹太军队,帮助参加对抗法西斯的战争。可以看出,犹太难民已经能够适应生活,并且主动提出要在战事中出力,和希望将他们灭绝的德国纳粹进行抗争。

As was reported by *Shun Pao*, some local Jewish emigrants, in their effort to fight on the same side with the British army, were ready to form a Jewish military force to contribute their part in the anti-fascist war. It can be inferred that the Jewish refugees were already adapted to the life here and offered to participate in the war, fighting against the German Nazis who were to exterminate them.

犹太人费尽千辛万苦乘坐客轮来到上海之后,生活的艰辛并没有对他们网开一面,相反,由于初来乍到,语言障碍,时局动荡等原因,重重的困难开始逐渐展现出来。

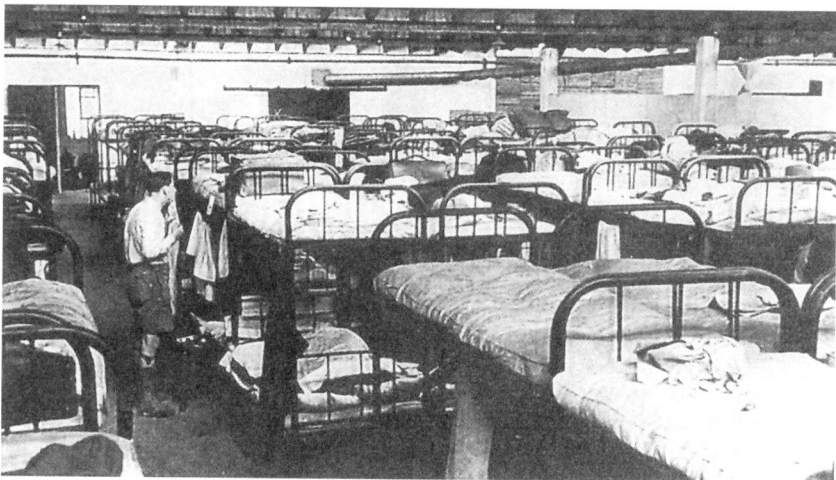

犹太难民抵达上海的头几夜,就住在这样的大房间里

在1939年—1941年的3年间,是犹太人与上海市民、上海这座城市的"磨合期"。《申报》1939年曾报道,德籍犹太人来沪将受限制,非华方签准护照即不准启程来沪。"外传本埠九月前将有德国犹太人一万二千名到达上海,昨(二十五日)其数不至若是之多,且或有三千难民到来。盖移民由德来沪,今较前为难,首须出示《华方签准》之护照,然后证明其来沪乃准备就业,或在沪有亲友照料,始准放行。听说德国今后将不再准许公众给养的难民由德来沪,但对近已定就舱位者约三千人左右,将准许其启程。目前上海治难民局势,尚不至引起焦虑,尚且能够给予移民的住所与基金,均

《申报》刊登《德籍犹太人来沪将受限制》的报道

见宽裕,但苟非积得款项,则此种局势……"

"如今移民的犹太人除了居于私人寓所或友人处者之外,均栖身华德路之单身男子寓所,与会山路之眷属寓所,及河滨大厦,亦有少数居华盛路新房屋中,该所房屋,疑改建医院,由难民中之医生与看护经营之,则除医治犹太难民之外,大致将兼属外界服务。"

来沪的犹太人,走过了艰难的磨合期。

从1940年开始,随着最后一批犹太人抵沪,也渐渐有一些关于

虹口小巷里的犹太难民

犹太人的正面报道浮出水面。此时的犹太人基本适应了中国人的生活节奏和方式，开始发挥自己的优势进行经商和生活，并逐渐开始融入上海社会。

《申报》报道，当时的本埠犹太侨民奋起助英作战，甚至愿意组织一犹太军队。帮助参加对抗法西斯的战争。"本埠昨日突然传称，说英国爱尔兰犹太民族主义同盟会，愿组织一犹太军队，加入协约国帮助作战。本埠俄罗斯籍犹太人民，听说此消息后，甚为兴奋，据在沪犹太各社团领袖对记者称，若英政府批准此项建议，则本埠犹太人，凡到了军役年龄者，均将立即应召入伍，查犹太民族主义组织，共有新旧两党，在沪均有分布，据称，在华俄籍犹太人党员，至少有受多年军事训练者千人，可以遣往欧洲。"这里可以看出，犹太难民已经能够适应生活，并且主动提出要在战事中出力，希望和要将他们灭绝的德国纳粹进行抗争。

1942年，第二次世界大战进入战略相持和转折阶段。这一年，在上海的犹太难民过得也并不轻松。《申报》报道了犹太难民从事农耕运动。在当时的兆丰路上，僻开园艺部本埠新设立之欧籍犹太难民赈济委员会，将从事第一次的大规模"农耕运动"。并计划于兆丰路犹太难民收容所内，开设园艺部，以使数百名难民获得工作机会，成为其谋生的办法。犹太难民的这项农耕计划，将自动解决现极严重的失业问题，该委员会即将设立之园艺部，拟招收一切身体健全之犹太难民入内工作，其园圃所种之蔬菜出售后所得，即

《申报》刊登《本埠犹太侨民奋起助英作战》的报道

《申报》刊登《犹太难民从事农耕运动》的报道

可以维持园艺部之开销,兴所雇工人之生活,然园艺部目前送遭遇之问题中,其最重大者,却为工具与农具之缺乏,如有人愿意尽力以改进犹太难民之生活,并有任何多余之旧农具者,可以电话通知该委员会,当即派人前来收取捐赠工具。

令人始料未及的是,自1942年开始,犹太救济金开始枯竭,最终全部用罄。资金的短缺,一方面对犹太人融入当地社会提出了更高的要求,犹太人必须开始完全自谋出路;另一方面也让媒体关注的脚步开始放缓。1942年,犹侨救济金全部用罄。美犹联合赈济委员会代表薛奇尔称,在上海的犹太难民,男女老幼约9千人,现已不能全从美国获取救济金,犹太难民每日可领一薄膳者,原有

《申报》刊登《犹侨救济金全部用罄》的报道

九千人，现已不得不减至四千五百人，且沪上贫困之犹太难民，共达一万五千人，已濒绝境，救济金已全部用罄。

　　之后从1943年开始，直至1945年德国投降二战结束，《申报》上再也没有一篇有关犹太人的报道。可以看到，随着战争的深入，尤其是太平洋战争爆发以后，各国和各民族都在为各自抗争，援助犹太人的基金已经基本花完。《申报》的收声，是犹太人已经融入上海的一个标志。

（罗震光执笔）

逃出集中营
又进隔离区

Escape from the Concentration Camp Just to be Forced into the Ghetto

漫画的上半部分是日本兵在上海虹口的难民隔离区,下半部分则描绘了当时犹太人的"人间炼狱"——波兰奥斯维辛集中营。上半部分的漫画可以说并没有暗示血腥和屠杀的意味,但和奥斯维辛相提并论,就不难令人联想到流血、杀戮、种族灭绝。

　　The first part of the comics is about the Japanese soldiers in the ghetto of Shanghai Hongkou District, and the second part describes the Auschwitz concentration camp in Poland, the living hell for Jews at that time. The first half of the comics has nothing in it directly related to blood or killings, but put on a par with Auschwitz, it leads to natural association with bloodshed, killing and genocide.

对于远渡重洋来到上海，并以虹口为主要聚居地的犹太人来说，虹口是他们的"第二个家"。但是，种种迹象却表明，这个"家"并不那么安全、可靠。日本人在虹口设置了难民隔离区，形式上是将难民与公共租界隔离开来，方便管理。然而对于犹太难民，从某种意义上说，虹口隔离区是另外一个"奥斯维辛"集中营。

这在一幅70年前的漫画中得以淋漓尽致地体现。漫画的上半部分是日本兵在上海虹口的难民隔离区，下半部分则描绘了当时犹太人的"人间炼狱"——波兰奥斯维辛集中营。其实上半部分

漫画"自掘坟墓"，左上图木牌上写着"上海犹太区"，左下图中换上了写着"纳粹集中营"的木牌

的漫画并没有血腥和屠杀的意味，但和奥斯维辛相提并论，就不难
令人联想到流血、杀戮、种族灭绝。

同为第二次世界大战轴心国，纳粹德国和日本的残暴性并无
二异。在欧洲，纳粹德国迫害犹太人，"万湖会议"后，更是制定了
彻底"消灭"犹太人的计划，数以成百万计的犹太人被送进"淋浴
室"沐浴，最终成为从屋顶里飘出的一缕缕青烟；在亚洲战场，日
本军人更是骇人听闻，犯下了"南京大屠杀"、"巴丹死亡行军"等
一系列令人发指的罪行。

日军占领上海后，1943年，日本占领当局在上海设立了"无国
籍难民限定区"。而当时以"西方国家"自称的日本，却并没有对
欧洲来沪的犹太人有多少好感和特殊照顾，反而对他们进行变本
加厉的迫害和刁难。据当时的一位犹太难民恰亚·斯莫尔（Chaya
Small）女士回忆，她的父亲——塞缪尔·瓦尔金（Samuel Walkin）
是位拉比（犹太人中的一个阶层，老师和智者的象征），在沪期间，
他成为了上海犹太难民社团的领袖之一，恰亚得了重病，父亲不得
不带着他去求合屋——当时掌管分发隔离区通行证的日本官员，
父亲说明情况，请求可以得到通行证以带恰亚外出看病。合屋却
抽出军刀，一刀砍断了瓦尔舍的胡子。官职并不大的合屋因为掌
控着犹太难民的出入，作威作福到如此地步，其他日本军官的态度
就更可以想象了。

已在苏州河以南居住和就业的欧洲犹太难民约4000人，在日
本当局的逼迫下，他们不得不匆忙地贱价变卖家产、店铺，在限期
内搬迁到"隔离区"，其中包括在俄罗斯犹太人帮助下，安置得较

好的近千名波兰犹太人。"隔离区"主要通道全部用栅栏、路障封
闭,由日本宪兵把守。区内实施保甲制度,进出要凭通行证。为了
申请通行证以便到"隔离区"外工作或求职,犹太难民常常要在茂
海路70号日军设立的"上海无国籍避难民处理事务所"排上几小
时的长队,还不一定可以得到许可。("隔离区"第一年共发出1600
多张季度通行证和2500张短期通行证。)

　　居住在虹口的犹太人增至1.7万人(包括原住虹口的俄罗斯犹太
人),因救济款枯竭,加之适逢百年未遇的严寒,"犹太难民躲在沿街破
旧的小屋里,身上裹着用麻袋布缝制的上衣","老人、妇女和小孩相
互挤在小屋的一角瑟瑟发抖","披着毛毯的乞丐满街都是","刚临
产的母亲含着眼泪送掉了婴儿","有7名难民妇女登记卖淫"……

　　隔离区内的欧洲犹太难民,死亡数呈上升趋势,与原先相比
的,竟高达2至3倍。

龙华集中营内景

浦东集中营

集中营内景

日军官正在给集中营内的外国人训话

　　事实上，1943年，日本在上海建过上海盟国侨民集中营（日本称上海敌国人集团生活所，简称上海集中营，英语：Shanghai Civil Assembly Center），是日军占领上海租界后建立的，包括浦东集中营、龙华集中营、闸北集中营、沪西第一集中营、沪西第二集中营、沪西第三集中营、沪西第四集中营、教会人员集中营和意大利人集中营，至1944年9月底共收纳来自英国、美国、荷兰、加拿大、澳大利亚和苏联等国家6200人。

　　上海还有一个日本侵略者用以关押和迫害中国抗日将士的"东方奥斯维辛"——充满血腥历史的中国战俘集中营。

　　　　　　　　　　　　　　　　　　　　　　　　（罗震光执笔）

《犹太难民日记》

春节平静刚过
隔都囚禁难民

A Peaceful Spring Festival Followed by Refugee Imprisonment in the Ghetto

平静的日子并不长久，1943年，日占区的命令突然而至，为无国籍难民设立一个"隔都"。同时宣布在护照上印有"J"的人都算作无国籍人员，这也就涉及了大部分在虹口居住的犹太人。所有住在该地段外的人必须离开自己家，搬进"隔都"。

　　Peaceful days didn't last long. In 1943, the Japanese-occupied areas suddenly received an order requiring to build a ghetto for stateless refugees. Meanwhile, it announced that anyone holding a passport with a "J" printed on was regarded as stateless. So it involved the majority of the Jews living in Hongkou at that time. Everyone who lived out of that area should leave their home and move into the ghetto.

中国新年的第一天，我们很早就被爆竹声和敲锣打鼓声吵醒。接近中午时，我的房东钟先生和他太太来到我们家。他们拿着一个大托盘，上面放着不同的瓷碗，装着各种蔬菜、肉和鱼。我们很惊讶，房东竟然还用一些德语和我们打招呼。他之前在德国船上做过水手，不过他用英语交流更自然。

对这见证美好友谊的礼物，我们表示了感谢，我还祝愿他的家人万事如意、身体健康、生活富裕。这句话是我从一个去年已经历过春节的移民那儿学来的。他们能不能听得懂我就不得而知了，反正他们都笑呵呵的，深鞠一躬后就告辞了。

我和爸爸都觉得饭菜非常好吃，只有那个有面粉丸子的白汤不怎么样。这些丸子黏糊糊的，容易粘在上颚。用他们附送的筷子夹着吃有些困难，方便起见，我们还是用了汤勺。妈妈和弟弟不喜欢这些食物，他们吃昨天剩下的一锅烩，这是妈妈的拿手好菜。不过要是总靠这个，我早就饿坏了。

街上很吵，我们走到门边，非常吃惊地看到所有我们认识的中国人穿着干净的衣服。我们最穷的邻居，平时只穿破破烂烂的衣服，现在也穿戴得整整齐齐，可能为了春节还洗了澡，理了发。后来我们的房东解释说，中国人再穷，也会存一件像样的衣服在特定场合，如春节时穿。衣服大多是自制的，用剩下的布料拼接起来。我看见很多人手上拿着红包，红包被扎起来，上面有黑墨水画的画。红包意味着幸福和健康，里面塞着钱，回赠给送礼物的人。

平静的日子并不长久，1943年，日占区的命令突然而至，为无

附注：
兆丰路--------高阳路
茂海路--------海门路
爱尔考克路--------安国路
麦克利克路--------临潼路
华德路--------长阳路
汇山路--------霍山路
倍开尔路--------惠民路

上海犹太人隔离区区域范围图

上海犹太隔离区区域地图

国籍难民设立一个"隔都"。同时宣布在护照上印有"J"的人都算作无国籍人员，这也就涉及了大部分在虹口居住的犹太人。"隔都"是从百老汇，经平凉路和大连路等路段的一些区域，包括了公平路的收容所。所有住在该地段外的人必须离开自己家，搬进"隔都"。由于在损毁的房屋中几乎没有可以落脚的地方，大部分人必须重新搬回五个收容所中的一个。

从此，不得到允许，所有人不可以离开这块地方。这块地方面积约为1.5平方公里。一个长得像猴子一样的矮小日本人被任命

犹太难民前往收容所

为监管"隔都"居民的指挥官,被称作"戈雅",作风像个独裁者。就像其他我所认识的日本人一样,他喜怒无常,捉摸不定。

为了展现他的权威,他称自己为"犹太人之王"。这件事(搬进"隔都")让大家都很生气,因为很多人几年前就有了工作。移民中出现了骚动不安,没有人知道,他们将会对我们如何。谣言四处流传,大家都想知道些什么,但又没有人能肯定。有人私下说,这是上海纳粹在幕后策划的。这种不安驱使大家走到街上,观察着那些日本兵,他们似乎没有料到这种骚动,似乎知道住在这块地方的中国人如何反应。对中国人来说这些规定不适用,所以放松管制是迟早的,那些在外有工作的人会得到一张通行证,当然了,上面会注明去每个工作岗位的具体路线,不遵守注明内容的有可

日本当局的保甲事
务所印制的中英文
户口调查表

能被收回通行证。

　　更恐怖的是，隔都实行外国人保甲制度，移民需自己设置路
障，并对自己的同胞进行身份检查。而那些在外面没有工作的人，
不可以再离开"隔都"。

　　　　　　　　　　　　　　（李惟玮根据尘封的《犹太难民日记》整理）

《尘封漫画》

捐赠合屋漫画
永记日寇蛮横

Never Forget the Outrageousness of Japanese Invaders

很多犹太难民都珍藏《合屋漫画》，库尔特夫妇是唯一捐赠此书的家庭。对于当年的犹太难民而言，几乎每个人都知道掌握通行证发放大权的合屋，多多少少领教过他的蛮横无理、刁钻刻薄和凶狠残暴。

　　While many Jewish refugees preserve the *Comics of Ghoya*, the Kurts is the only family who donate the book. As for the Jewish refugees of those years, almost everyone knew about Ghoya, who was in charge of the issuance of passports, and everyone once fell victim to his rudeness, meanness and brutality.

上海犹太纪念馆有一本70多年前的《合屋漫画》，惟妙惟肖地记下了犹太人虹口隔离区内日本侵略者的蛮横和凶恶。

这是奥地利的原犹太难民库尔特·杜德纳 (Kurt Duldner) 和妻子安妮·福斯特·杜德纳 (Anne Foster Duldner) 2011年10月捐赠给犹太纪念馆的。此行库尔特夫妇带来了部分旧证件及许多历史资料，并把其中他珍藏了六十多年的当年由中国政府发放的驾驶执照以及一本《合屋漫画》捐赠给了纪念馆。他们说，犹太难民避难上海的历史具有永恒的价值，因为忘记历史，历史就会重演。为了和平，人类理应铭记这段历史。我们要自己的实际行动为"铭记这段

库尔特捐赠《合屋漫画》和70
年前的驾照

历史"而积极努力。

据资深的志愿者廖文军介绍,很多犹太难民都珍藏《合屋漫画》,库尔特夫妇是唯一捐赠此书的家庭。对于当年的犹太难民而言,几乎每个人都知道掌握通行证发放大权的合屋,多多少少领教过他的蛮横无理、刁钻刻薄和凶狠残暴。

《合屋漫画》是这段岁月的见证,是生活的一个部分,大多数藏有这本漫画的犹太难民难以割舍是在情理之中的事。

在漫画中可以读到合屋的刁蛮,若是你英语好,他会说:"你的英语那么好,应该去美国,我不发通行证,滚!";若是你英语不好,他会说:"你的英语这么烂,外面哪有活干,我不发通行证,滚!"英语好不好,都是一样结果,都不发通行证。

"你是一个掘墓工,很好!我可以给你去全市的通行证!"话锋一转,又说"不过,你必须先给我你的客户名单。"人未出隔离区,哪来的客户名单。恶意戏弄犹太难民。

拉小提琴,他让犹太音乐家弹钢琴伴奏。却会恶狠狠地说,"你合不上我的节拍,我就杀了你,你这脏猪!"真是凶恶得不可理喻!

在另一幅漫画中,合屋给来办通行证的犹太难民三种选择:我杀了你!我吊死你!我毙了你!三种选择都离不开一个死字。

……

库尔特捐赠给上海犹太难民纪念馆的这本漫画,永远留下了合屋的刁蛮凶恶,记载了日本侵略者狰狞的强盗嘴脸。

(李惟玮执笔)

The outer cover presents a facsimile of a Special Pass of the kind which Japanese Authorities issued to Refugees whom they had incarcerated in Shanghai's Designated Area Hongkew when permitting them temporary leave. These Special Passes, respectively their issue had been the stumbling - stones upon the differences arose between Mr. Ghoya, ex vice - chief of the Stateless Refugee's Affairs Bureau and the Hongkew refugee population.

This booklet shows the calvary one had to wander before perhaps receiving the craved for pass.

合屋漫画

本手册外封面是一张日本占领当局发放的特别通行证印本。当时在上海虹口隔离区关押的难民获占领当局批准才能暂时离开时，就会得到这样的一张通行证。但要拿到这张特别通行证，难民就必须和无国籍难民事务局前副局长合屋斗智斗勇一番

为了梦寐以求的通行证，受到的折磨苦不堪言。而这本小册子将这一过程展现得淋漓尽致

The Vamp

You make m e d i c a l massage? I know what that
means. You make dirty love to dirty men. Get out:
Don't darken my doors again!

合屋漫画

荡妇

你说你是做保健按摩的？我知道那是什么样的工作，像你这种和肮脏男人做龌龊事的家伙
给我滚出去！不许再到这里来弄脏我的地方

Either way is wrong

Your English is too good. You better go to America.-
No pass. Get out!

Your English is too poor. No English, no business,
no pass. Get out!

合屋漫画

怎么做都是错
英语这么好，你最好去美国啦，不给通行证，滚出去
英语这么差，你连这个都不会，做什么生意！没有通行证，滚出去

合屋漫画

独裁者的表演
教授，如果你跟不好我的节奏，我就要了你的命，你这头肮脏的猪猡

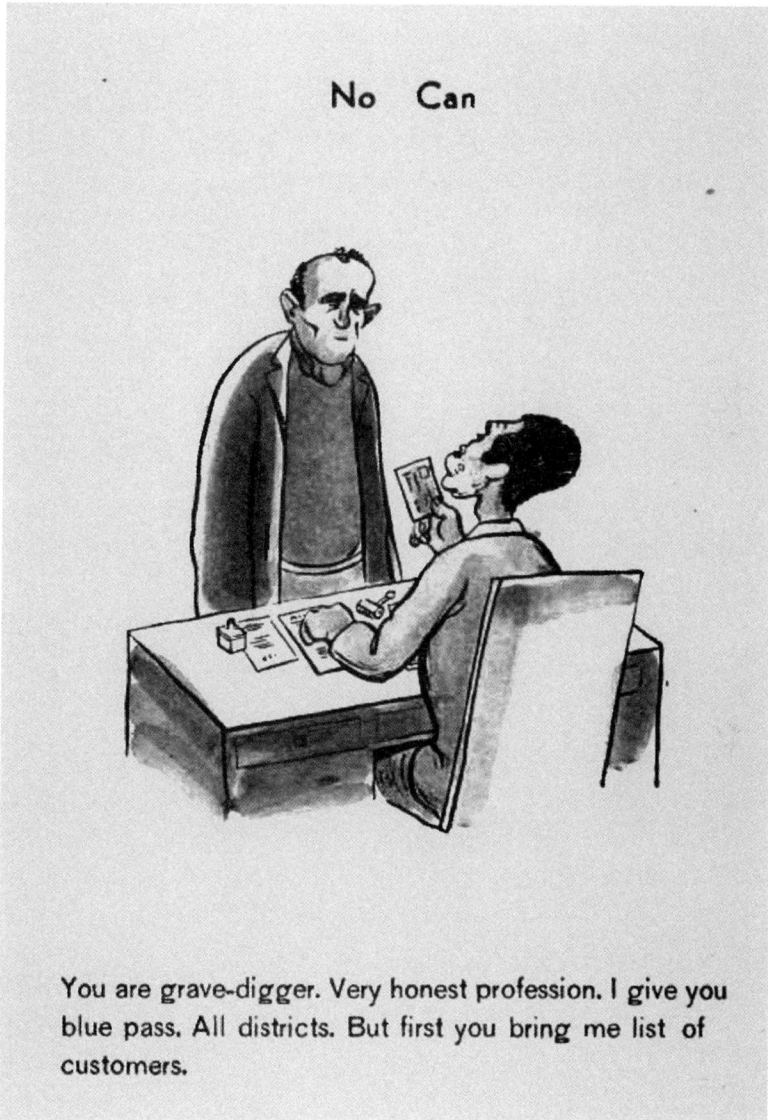

No Can

You are grave-digger. Very honest profession. I give you blue pass. All districts. But first you bring me list of customers.

合屋漫画

做啥都不成

哦,你是个掘墓人啊。恩,这行当很规矩。好,我给你一张蓝色通行证,所有区通行。不过你得先交一份你的客户名单过来

Ghoya I.

The former King of Hongkew

合屋漫画

合屋一世
曾经的虹口第一霸

Have your choice

I'll kill you..., I'll hang you....
perhaps I'll be nice to you and shoot you!

合屋漫画

你自个儿选呗
我要杀了你！我要绞死你
对你好点也行,老子一枪毙了你

合屋漫画

战争结束后

合屋：说！这个丑八怪男人是谁

男人：是您啊，合屋先生

合屋：谁给你胆子用合屋先生的名讳和外貌的

男人：哟，怎么？您还要进来调查一番么

《犹太之声》

战后难民寻方向
媒体说美谈欧洲

Media Discussion about the US and Europe Provided Guidance for Refugees after War

聚焦"战后难民去何处?"的热点,1946年4月的《犹太之声》发表了一组文章。《犹太之声》在反法西斯胜利以后,对美国和欧洲对待犹太难民的态度进行了详尽的分析。说美论欧,为犹太难民选择方向提供指南。

Focused on the hot issue of "where should refugees go after WWII", a series of articles were published in April 1946 by the *Jewish Voice*. After victory was scored against fascism, Jewish Voice made an exhaustive analysis of how the United States and Europe reacted towards the Jewish refugees. The discussion provided insight for the Jewish refugees who were seeking their future.

　　聚焦"战后难民去何处"的热点，1946年4月的《犹太之声》发表了一组文章。

　　文章介绍说，在美国，"难民"一词被用于个人，而不是被理解为"流亡者"这一群体。Arich Tartkower 和 Kurt Grossmann 的《犹太难民》一书解释：难民是指由于种族、宗教、政治因素被迫害或害怕被迫害，并非出于个人意愿离开居住地的人。在美国，有超过99%的难民在到达后不久就申请了美国国籍，超过50%已成为美国公民，不再是广义上的难民。

二战后欧洲犹太难民接受救助

　　从1933年第三帝国崛起至1945年灭亡，这期间来到美国的难民，成就大都为人熟知。"难民"中的一群科学家，他们与原子弹的发明紧密联系。其中最为著名的是爱因斯坦。

爱因斯坦博士偕夫人于 1922 年 12 月访问上海。1923 年他再次来访。图为他们抵沪时的情景

　　从来没有哪些移民能够有如此之多的专业人员。他们中有 5000 位物理学家、3500 位高校教师和教师、2500 位工程师、1900 位科学家和文学家、1800 位律师、1200 位音乐学家。

　　同一话题，《犹太之声》发表了"丹麦欢迎犹太人"。在欧洲，被解放的犹太人回到故乡或许还会遭遇反犹太主义，与此形成强烈反差的是，丹麦人民热情地欢迎犹太同胞的回归。文章分析说，当1933年丹麦犹太会堂庆祝成立百年时，丹麦国王Christian和皇室成员出现在会堂。当时，希特勒正在推行犹太人标志，国王说如果是这样，他和他的家人将出于敬重，都会佩戴这个标志。于是，相关法律在丹麦就不了了之了。

同一天的《犹太之声》发表了"关于犹太人在欧洲状况的最新报告"。

——波兰

波兰犹太人健康状况不容乐观。主要的国外救济来源于美国送的旧衣物，但是只有一小部分能够二次使用，光靠这些旧衣物没有办法帮助波兰犹太人。现下最缺的是钱，有了钱OSE-TOZ救济组织就可能重新恢复一些社会医疗机构。

很重要的是，在未来六个月里，还需为2000名结核病人或疑似结核病的儿童开设幼儿园、疗养所。波兰犹太人健康组织估计将会有16000病人和伤残人员回国。120万14岁以下犹太儿童中，只有5000人活下来。

——法国和比利时

14000名儿童在OSE-TOZ救济组织开设的幼儿园安置下来。此外OSE还经营着18家社会医疗中心、一家青少年训练中心、一家牙诊所、一家儿童教育中心。主要问题是，据统计欧洲约有45000名孤儿，对此将出台解决办法。

——慕尼黑

在英占区和美占区的德国大学里，反犹太主义十分明显。82%的学生对自己忠于纳粹主义直言不讳。他们威胁说，将抵制

欧洲犹太难民中的儿童

有犹太学生参加的讲座。

——维也纳

一群犹太难民报告了波兰西南部和西里西亚针对犹太人的暴行和谋杀。2800名居住在格利维策的犹太居民中有1800人逃离该地,由于生活状况实在无法让人忍受。

维也纳宗教区几乎每天都会收到恐吓信。信中说:纳粹党只是转战地下,仍致力于清理犹太人问题。只有当最后一个犹太人被清理掉,希特勒的任务才算完成。

《犹太之声》在反法西斯战争胜利以后,对美国和欧洲对待犹太难民的态度进行了详尽的分析。

二战结束后,犹太人试图返回自己原来的住所

说美论欧,为犹太难民选择方向提供指南。精明的犹太报人在为当时读者服务的同时,也为今天研究这段历史留下了宝贵的财富。

(罗震光执笔)